ガールズ&パンツァー
GIRLS und PANZER das FINALE
最終章

上

鈴木貴昭 TAKAAKI SUZUKI

本文イラスト 野上武志

原作 ガールズ&パンツァー 最終章 製作委員会

協力 株式会社アクタス

GIRLS und PANZER das FINALE

CONTENTS

ガールズ&パンツァー 最終章

GIRLS und PANZER das FINALE

鈴木貴昭 TAKAAKI SUZUKI

本文イラスト 野上武志

原作 ガールズ&パンツァー 最終章 製作委員会

協力 株式会社アクタス

カバーイラスト●原画：杉本功
仕上：原田幸子
特効：古市裕一
3DCG：李懿文（STUDIOカチューシャ）
CGディレクター：柳野啓一郎

序章

Prologue

ガールズ&パンツァー 最終章 上

GIRLS und PANZER das FINALE

学校からやや離れた昔懐かしい落ち着いた空気の喫茶店のこぢんまりとした店内には、白いシートの椅子と木の机がいくつか並んでおり、私たちの定位置である奥の四人掛けの席からカウンターに注文をお願いする。

「いつもの」

「はいはい、今日は食事はどうします？」

しょっちゅう通っている間に顔なじみとなった女将《おかみ》さんが愛想よく聞いてきた。いつもなら特製カレーを頼みたいところだけど、今日はやることがあるから、断っておく。

「今日はいいです」

目の前では、私の大事な友人であるかーしまこと大洗《おおあらい》女子学園生徒会広報・河嶋桃《かわしまもも》が、頭にねじり鉢巻きをして眉をひそめてラジオに耳を当てている。

周りの目もあるんだからもう少し格好には気を遣った方がいいと思うんだけど、本人が気に入っているから仕方ない。


「かーしまー、結果出た？」

「お待ちください……あ、はい、聖《セント》グロリアーナ、サンダース、黒森峰《くろもりみね》、プラウダは強いですね。それとアンツィオも……え――っと、知波単《ちはたん》も意外に高いです」

「まあその辺りは上位常連ですね」

同じく友人で、大切な右腕でもある生徒会副会長・小山柚子《こやまゆず》が渋い顔でコーヒーを口に運ぶ。

「あ、出ました……学園艦人気投票結果、今年もわが大洗女子学園は最下位でした」

「そっかー、またダメだったか」

大洗女子学園はこの所、ず————っと中学生の進学したい学園艦人気ランキングで最下位を突っ走っている。しかもダントツの最下位だ。

「会長、まだ諦めてはいけません。次はどんな学園艦おこし作戦にしましょうか」

今回の知名度アップ作戦もあまり効果はなかった。

「こやまー、資料見せて」

「はい、こちらに」

小山が綺麗《きれい》にまとめられた資料を差し出してくる。

資料を見なくても分かっていたが、改めて確認すると、わが大洗女子学園の状況は非常に良くない。少子化への対策が叫ばれる昨今、定員割れの学園艦も増えてきて、予算削減の観点からも統廃合して総数を減らせとの意見が文科省から出ているのは知っている。最盛期に比べて子供の数が半分以下に減っているから、学園艦の数を半分にしてもいいだろうという極論や、統合すると同時に旧式化した艦をより小型で効率的なものに交代させて予算の削減を図るなんて意見も聞こえてくる。

そうなると当然、人気最下位のわが校がやり玉に挙げられるのは目に見えている。地域性とか学園艦の特色とか個性とは関係なく、だ。

ため息をつくと、ねじり鉢巻きのかーしまが両腕を振り回して身を乗り出してきた。

「ですが、わが校には雄大な自然と美味《おい》しい海産物や農作物、自由な校風があります！」

「それだけじゃ、売りにならないんだよ。そこにドラマがない」

「ドラマ、ですか？」

「そう。例えばアンツィオだったら美食やファッションに加えて、膨大なローマの歴史が背後に控えている。自由な校風だったら、アメリカンなサンダースの方がイメージとしてそれっぽい。雄大な自然だったら、それこそ自然にあふれたというか自然の中に埋もれている学園艦の継続《けいぞく》がある。でも、他の学校にあるのはそれだけじゃないんだ」

「それがドラマですか？」

「そう。そもそもうちの学校は独立系であるが故に、背景となる国がない」

「国がバックに付いていない所でも、地元の歴史を売りにしている所もありますよね」

小山が首を傾《かし》げながら聞いてきたので、うちの一番の売りを答えておいた。

「昔はうちも時代劇とかで人気あったんだけどね～」

「でもそれって、水戸《みと》のご老公御一行が漫遊して行った場所だけが人気になって、あんまり関係なかったような……」

「そうなんだよー、海水浴も学園艦は周りが全部海だから、艦内に人工海岸があるサンダースの方が人気になってるし、サーフィンとかも聖グロリアーナの方がおしゃれだって」

ラーメンブームの時はご当地ラーメンを作ったり、全国の学園艦でも有数の水産物の養殖施設を作って結構な成果を上げたりもしたんだけど、どれもこれも長期の人気には繋《つな》がらなかった。

結局、資料を見ると、現在人気のある学園艦は戦車道をやっている所ばっかりだ。

学校の魅力を戦車道の試合から生まれるドラマを通じて、全国にアピールしている。

歴史のバックが無いなら、新しいドラマを自分たちの手で作り出す必要がある。

それまで無名の弱小校が、野球やサッカーのような人気のあるスポーツで強豪たちを打ち破り、知名度を上げるのは珍しいことじゃない。

女子学生の中で今一番人気があって、ドラマを作りやすいのは戦車道だ。

黒森峰女学園は圧倒的強者かつ常勝将軍として君臨し、入学すれば誰でも勝利を体験できる。

プラウダ高校は強者に挑み、戦車道に革命をもたらそうとする果敢な挑戦者。

聖グロリアーナ女学院はお嬢様学校の美学とロマンに満ちていて、サンダース大学付属高校は豊富な物量と自由な校風といった明確なイメージが戦車道を通じて発信されている。

他の学校だって、たとえアンツィオ高校のような一回戦敗退常連校であっても、戦車道に参戦している所は、大体ドラマを持っている。ドラマに憧れ、ドラマを追体験したくて入学を志望する生徒はとても多いと聞く。

「だから、私たちはドラマを自分たちの手で作るしかない。恐らく近いうちに文科省から廃校の発表があるはずだから、その前に」

そして、西住《にしずみ》ちゃんが転校してきたことで、ドラマは動き始めた。

第一章

Chapter 1

ガールズ&パンツァー 最終章 上

GIRLS und PANZER das FINALE

高校三年生の秋ともなれば、考えることは将来のことが大部分だ。進学組、就職組、家事手伝い、中には自分探しだか何とかで旅に出るような、人とは違う道を選ぶ者もいて、とにかく百人百様で、自分の選んだ選択肢が正しかったのか、今からでも他の道を選んだ方がいいのか、もしくは流されるままに惰性で選んだ道に乗っかるのか、不安と希望が交互に訪れる毎日だ。

自分自身も成績的には近所の大学なら余裕で受かると言われており、担任からはもっと上を目指せとせっつかれているが、いざ受験会場に向かう途中で大量の荷物を持って困っているおばあさんに出会うんじゃないかとか、自家製干し芋を作っている所に大雨が降ってきたらとか、くだらない不安が連日押し寄せてくる。

周りに言われるでもなく結構図太い自覚がある私ですらそんな状態なんだから、もっとストレスに弱いかーしまこと前生徒会広報の友人・河嶋桃《かわしまもも》が現実から必死で目をそらそうとしているのを責めるのも難しい。

その彼女は、もう生徒会を引退したのに、連日生徒会室奥の作戦室にこもって、鬼気迫る表情でレーダースクリーンに張り付いている。赤ランプに照らされた室内には、多数のモニタと各種観測機器が並び、艦内各所のセンサーや監視カメラ、測定器からのデータをリアルタイムで受け取って、通常時は浸水の有無、有毒ガスが発生していないか、温度や湿度や空気の循環に異常がないか、電力や水などの供給は安定しているか、行きつけの喫茶店の席の空き具合や、スーパーの特売品があとどれだけ残っているか、食堂の限定ランチの残りがいくつあるかまで表示される。

だが現在モニタに出ているのは、居住甲板上を走行中のGround何とかかんとかシシステム、通称Goliath《ゴリアテ》から送られてくる地中レーダーからの反応だ。通常は、艦内構造に欠損や異常な空洞などができていないか確認するための機器だけど、今回は別な用途に使用されている。

というか、ここ数日はずっとそれにかかりきりで、付き合わされているオペレーター役の生徒たちも大変だ。まあその子たちは全員成績も優秀で、推薦も貰《もら》えるし、不安な教科があると前副会長・小山柚子《こやまゆず》——彼女は私よりも勉強を教えるのが遥《はる》かに上手だ——が教えてくれるという特典まで付いているので、喜んで手伝ってくれているんだけど。

「どこだ……どこにあるんだ」

血走った目でモニタを見つめるかーしまの口から焦りがこぼれる。これでもう一週間、オペレーターの子たちを拘束できるのも今日までなので、焦るのも仕方ない。

ん、今モニタのレーダー波形に僅かな違和感があったけど……。

「グリッドG5レベル4にアンノウン。以後アンノウンをタンゴ1と呼称する」

グリッドG5って、探索地域のかなり端の方だから、逆から探していたら、すぐに見つかっていたかもしれないな。やっぱりかーしまは運が悪い。

今反応したポニーテールの子、彼女はオペレーターの中でも優秀なだけあって、いち早く変化に気が付いて報告を行う。ペアの子が直ちに、該当グリッドのデータを照合している。

「タンゴ1、サイズから戦車の可能性大」

待ち望んでいた報告を聞いた瞬間、かーしまがガッツポーズを見せた。

「よし、やった！」

おめでとうと声を掛けようかと思ったが、ノックもなしに突然生徒会室との間の扉が開いてぞろぞろと人が入ってきた。ウサギさんチームの一年生たちか、どうしたんだろう。

「やっちゃいましたね！」

「超やばいじゃないですか！」

「すっごいピンチですよね〜」

「ご愁傷さまです」

「元気出してくださいねー」

ここは一般生徒立ち入り禁止だと言おうかと思ったが、口々にかーしまに慰めの言葉を掛けているので、様子を見ることにする。その方が面白そうだし。

「あぁ？　……何の話だ？」

突然の闖入者《ちんにゅうしゃ》にかーしまもぽかんとしているが、ウサギさんチームのリーダー格である澤梓《さわあずさ》から手にしていた紙を渡されると、妙な悲鳴を上げた。

「んん？　がっ!?」

何ごとかと覗《のぞ》いてみると、そこにはセンセーショナルな内容が書かれていた。

『大洗《おおあらい》女子学園初の不名誉　前生徒会広報河嶋桃さん、留年決定か？』

新聞部発行の号外には、ゴシップ記事と飛ばし記事ばかりで正しいのは日付だけとまで言われる大洗スポーツ並みの煽《あお》り文句が躍っている。

ふと、突然号外に影が落ちてきたので顔を上げると、窓の外にも電光表示で同じ文字がデカデカと浮かんでいた。広報用飛行船を飛ばすなんて、戦車道全国大会で優勝した時並みの扱いじゃないか。

しかも、新聞部だけじゃなく放送部までが号外を配っている。

作戦室の全チャンネル流しっぱなしのテレビから、艦内放送を選んで音量を上げる。

『号外～号外～！』

『河嶋さん留年疑惑をどう思われますか？　河嶋さんに希望はあるでしょうか？』

テレビに映っているのは放送部の王大河《おうたいが》か。そこら辺にいた生徒を取っ捕まえてインタビューをしているみたいだ。突然マイクを向けられた一年生らしき生徒が困惑している。

『わかりません』

『留年とかって、戦車道やっていたら通常の三倍の単位貰えるんじゃなかったっけ？』

『えー、じゃあ河嶋先輩って、それでも足りないぐらい単位落としてたの？』

テレビからちょっと辛辣な言葉が飛び交うのが聞こえてくる。これはそろそろかーしまが大噴火するんじゃないかな。

「勝手なことを言うな～～～～！」

ほら、爆発した。

今更だが、私は大洗女子学園前生徒会長、角谷杏《かどたにあんず》。

さてさて、新しい生徒会長さんはこの状況をどんな風に捌《さば》くんだろうね、楽しみだ。

「会長、いえ杏、ほっといていいの？」

小山が心配そうに耳打ちしてくるけど、この程度、廃校に比べたら気にするほどじゃないと答えておく。

「そうかもしれないけど……ほら、桃ちゃんのメンタルだと受験に影響しそうで」

「今から努力するにしても限界があるし、だったら他の手立ても考えておかないとね」

戦車探しも現実逃避の一環であるけど、もう一つ理由がある。

せっかくだから、現生徒会と相談してみようか。


って、生徒会室にかーしまと一緒に入った瞬間、他の戦車道メンバーが押し寄せてきた。

「河嶋先輩はどうなるんですか!?」

「一緒に卒業、できるぴよ？」

「留年ってどういうことですか！」

全員口々に聞いてくるので、何を言っているのか分からない。多分かーしまが卒業できるのかどうかを聞いているんだろうけど。ちょっと違う言葉も聞こえているのが不穏だ。

西住《にしずみ》ちゃんと武部《たけべ》ちゃんが慌てて何とかしようとしているから、これは高みの見物かな。

「みなさん、落ち着いてください」

ワタワタしつつも西住ちゃんが抑えようとするが、あまり効果がない。戦車に乗ってスイッチが入れば毅然《きぜん》とした態度で周囲を従えているのにねえ。

「こういう時は最悪の事態を想定しつつ、楽観的に構えましょう」

西住ちゃん、それは高度な柔軟性で何とやらってやつかな。最初は強く当たって、流れで行き当たってばったりするという、あんまり解決法にならないパターンだ。

「みんな、心配しないで。真相がわかったら、わたしたちが教えてあげるから！」

西住ちゃんでは埒《らち》が明かないと見た武部ちゃんが、方針をハッキリと打ち出した。とたんに騒がしかった生徒会室が静かになって、待てば情報が入ると理解したみんなが退出していった。

いいね、いいね、武部ちゃんはコミュニケーション能力も高いし、かーしまとは違った形の広報としてやっていけそうじゃない？


「何なんだ、この記事は――――！」


あ、また切れた。

この騒動の間もどっしりと構えている五十鈴《いすず》ちゃんは大物だね。

まあ、ソファで寝ている冷泉《れいぜい》ちゃんの方がもっと大物かもしれないけど。

「その椅子、いいでしょ？」

「あ、はい。すみません、どうぞ」

五十鈴ちゃんの座りっぷりが良かったので声を掛けたら、皮肉と取ったのか、慌てて会長席から立ち上がった。いやいや、そんなつもりないからね。

「座っていいよ〜。もう五十鈴ちゃんが生徒会長なんだからさ」

「はい。角谷会長に恥じないようがんばります」

五十鈴ちゃんは生真面目だね〜もっと肩の力を抜くのを覚えないと。生徒会長なんてのは、普段は昼行灯なぐらいで、他のメンバーに仕事は任せて大事な所で決断するだけでいいんだからさ。

あ、こっちの気持ちを読み取ったのか、小山が後継者である秋山《あきやま》ちゃんに声を掛けた。

「秋山さんも副会長としてサポートよろしくね」

そうそう、実務は大体副会長がやるんだし。必要な情報は作戦室のオペレーターの子たちが集めてくれるので、それを基に各委員会から上がって来る報告をまとめてくれればいいだけだから。

「了解であります！」

挙手の礼をしながら元気よく応えた秋山ちゃんは、誰かに頼られるのが嬉《うれ》しいんだろうね。見えない尻尾が振られているような感じがする。この子はちょっと偏ってはいるけど情報を集めて分析する能力には長《た》けているし、補佐役である副会長に適任だね。

やっぱりこのチームを生徒会に推して正解だった。

全員が良いバランスだ……って、肝心の西住ちゃんには役職無いんだっけ。

あの性格なら、下手に役職付けるよりも戦車道に専念してもらった方が絶対にいいよね。

「河嶋先輩、学校にもう一年いるんだったら、広報はゆっくり引継ぎやりましょうよ～」

武部ちゃんがニコニコしながらかーしまに話しかけている。

「留年なんかしない！」

あーあ、やっぱり地雷踏み抜いた。

「あ、じゃあその記事は……」

「入れる大学がないだけだ！」

そんなに胸を張ってどや顔で言う内容じゃないから、小山が苦笑しつつフォローを入れる。

「それが留年するって噂《うわさ》になったみたい」

「ほれ」

私は隠し持っていた一枚の紙をテーブルの上に乗せる。

後でみんなに説明してもらうためにも、現実を共有しておく必要があるからね。

何の紙か理解したかーしまが、ひどく慌てている。

「ああー、会長、それ私の判定！　何で持ってらっしゃるんですか！」

「前・会長」

「あ、はい。じゃなくて！」

置いたのはこの間の全国模試の判定結果だ。全員が興味津々で集まってきて、覗き込む。

君たちはこんな風にならないように、今から頑張っておくように……ああ、いや、多分全員余裕で推薦貰えるんじゃないかな。今年は廃校の可能性もあって推薦枠が少なかったけど、来年は間違いなく増えると思うし、こんな所もかーしまは運が悪いね。

「なになに、国立鮟鱇《あんこう》大学、『記念に受けてみるのもいいんじゃないでしょうか』……？」

「コンニャク水産大学、納豆国際大学、髭釜《ひいがま》大学も同じ判定なんですね……」

「国立岩牡蠣《いわがき》大学って、もはや顔文字しか書いてないじゃないですか！」

「荻窪《おぎくぼ》桃井大学の『ご冗談を』なんて判定初めて見ました」

「大子町《だいごまち》大学もひどいですね」

「って、州立ブロンクス大って大洗に最近サテライトキャンパスができてたけど、あれって本当に稼働しているんですか？」

各人が判定を見て口々に辛辣な言葉を吐くのに、ソファのかーしまが項垂《うなだ》れた。

「くっ……」

「鮟大《あんだい》とかコン水はともかく、納国大《なっこくだい》でこの判定ですか？」

五十鈴ちゃんが厳しい言葉を口に乗せるが、分かってる分かってる、みなまで言わなくても分かってるって。近所で比較的入りやすいと言われている大学が軒並みD判定どころか、それ以下ってまぁ普通は驚くよ。

だから行ける大学がないって言ったでしょ？

「あ、でも一応コン水なら一科目は合格ラインに達しているから、もうちょっと頑張れば、ひょっとしたら」

武部ちゃん、そのもうちょっとはね、凄《すご》く遠いんだよ。

そのことを知っている小山が、見かねて口を開いた。

「杏も私も多分志望の国立大に受かると思うんだけど、桃ちゃんはどこもちょっと厳しくて……」

「留年でなく浪人か」

さっきまで寝ていた冷泉ちゃんも興味があるのか、覗き込んで一言で切って捨てた。

「……これは厳しいとかじゃないような」

かーしまがむきになって反論する。

「みんな、大げさに言ってるだけだ！」

「大丈夫ですよ。大モルトケだってパットンだって、決して学業が優秀なわけではなかったですから。大モルトケなんて幼年学校で軍人に向いていないと評価されて、パットンもウェストポイントで数学を再履修してますし。まあ、大モルトケは文学を愛好しすぎたのが理由で、パットンは実技は超優秀だったんですが」

秋山ちゃん、全然フォローになってないからね。パットンは戦車の名前になってるから何となく分かるけど、ダイモルトケって誰、どこで切るの、ダイモ・ルトケ？　大菩薩峠《だいぼさつとうげ》の親戚かなんか？

　さすがにそこまで言われるとかーしまがソファから飛び上がった。

「うるさい！　まだ落ちると決まったわけじゃない！」

　本格的に切れる前に、この辺りで勉強が進んでいない種明かしをしておこうか。

「だったら戦車探してないで、勉強したらどうだ〜？」

　それを聞いて新生徒会全員の目の色が変わった。

「「「「戦車？」」」」

「桃ちゃん、卒業する前に何とか戦車を見つけようとがんばってるの」

　すかさず小山もフォローしてくれる。

「戦車？」

　西住ちゃんがよっぽど驚いたのか、もう一度聞き返してきた。大事なことだからね。

「まだ戦車があるんですか!?」

　秋山ちゃんが予想通り一番喰《く》い付きが良くて、目がキラッキラしてるよ。

「新たに戦車が見つかってな。どうやら大洗《ここ》には売れ残った戦車がまだあったんだ」

　かーしまが全員に説明する。

　過去の戦車道に関する資料を見ると、うちの学校には実に雑多な戦車があったらしい。今使っているのですら、ドイツ4輌《りょう》（うちのチームは厳密にはチェコだけど）、日本2輌、フランス1輌、アメリカ1輌と結構バラバラだ。昔は他にもルノーFTやM3スチュアート軽戦車なんかもあったっぽいけど、安くて手軽なためか、大体売れてしまった。

過去にあった戦車を調べると、それなりに作っていたイギリス、イタリア、ロシア辺りのが全くない。ロシアやイタリアは何となく分かるけど、イギリスがないのが結構意外だった。

でも、資料調査や聞き込みの結果、過去には確かにイギリス戦車もあったんだよ。地元の人が見せてくれた大量の古写真に、今とは全然違う戦車が写っていたんだ。どうやら、戦車道を始めた初期も初期に、豆戦車も含めて雑多なのを何輌か入手したみたいなんだけど、売買記録も残ってないし、どこに行ったのか分からないんだよね。

それに気が付いてかーしまが探し始めた、ってわけ。

「でも何で戦車探してるんだ？」

冷泉ちゃんが当たり前の疑問を口にするけど、気になるよね、やっぱり。

「今年度は二十年ぶりに冬季無限軌道杯が復活するからね～」

ポスターを見せると、秋山ちゃんがハッとした顔をして早口で説明を始めた。

「無限軌道杯って、昔、戦車道連盟ができたのを記念して始まったんですけど、ずっと中止されてましたからね。プロリーグ発足や世界大会を見据えて、また開催されるそうです」

「その無限軌道杯までに何とか新しい戦車を見つけたい。私に残せるものは、それくらいしかないからな。もう二度と廃校などという憂き目にあわないよう、大洗の戦車道を盤石なものにしたいんだ」

かーしまが戦車を探していた真の理由を、想《おも》いと共に新生徒会メンバーへと伝えた。

そう、夏の大会で優勝しただけでは、まぐれと思われてしまうかもしれない。その後も文科省から難癖を付けられて強制的に廃校にされかけるぐらいだったし。せっかく、ずーーっと求めていたドラマ、それがやっと手に入ったんだ。ドラマを追体験したいと学園艦を訪れる人間が増えてくれれば、もし生徒がそれほど増えなかったとしても、学園艦の活性化が可能となるかも。

今学園艦で養殖している海産物や、特産品の干し芋だって、大洗ブランドとして欲しがる人たちが増えるかもしれない。観光で大人気のアンツィオほどじゃなくていいから、そこまでは贅沢《ぜいたく》言わなくても、ちょっとご飯食べに来るぐらいの人が増えてくれたら。

補助金に頼らなくても学園艦が健全運営できるようになる目だってゼロじゃない。

いや、そうなって欲しい。

なら、廃校の心配もなくなるはず……きっと。

だから、無限軌道杯に参加して勝利する。

大洗女子学園の戦車道は本物で、今後も続けていく気があって、そこには見続けたい、応援したいと思うようなドラマがあるんだと世界中に知らせたいんだ。

結果としてかーしまも推薦とかで進学できるかも……できたらいいなあ……。

おっといけない、現実逃避してしまった。

いい感じにかーしまの言葉に西住ちゃんたちが感じ入っているので、この雰囲気でみんなに説明に行ってもらって、自分たちから無限軌道杯に参加したいと思わせれば、ここは勝ちだね。

タイミングを逃しちゃダメだ。

「というわけだ、他のメンバーにも説明してきてくれ」

「はい！」

×　×　×

さっきまでの熱気がウソのように引いた生徒会室、今ここにいるのは私と小山だけだ。

「そろそろ着いた頃かな？」

「はい」

小山が返事と共に艦内カメラの表示を切り替えると、戦車倉庫前の広場が映し出された。

「おーおー、全員集まってるねぇ」

倉庫前の新生徒会に向かって、各チームが戸惑ったような顔付きで並んでいる。

「結局、戦車道中心の生徒会になっちゃいましたが、指導力は十分ありそうですね」

おっ、小山のお墨付きも出たね。安心安心。

「うちの学校は西住ちゃんたちのお陰で廃校を免れたからね。他の生徒たちも恩義を感じてるだろうし、よっぽど変なことをしない限りは大丈夫じゃない？」

だが、小山が小さく眉をしかめた。

「むしろ後継者が心配です」

ああ、うん、そこは心配だ。

西住ちゃんたちが卒業した後は、どうなるのか。せっかく始まった戦車道を続ける人員が集まるのか、常勝まではいかなくても、ある程度勝てるようなチームを維持できるのか。

そして、大洗に行けば戦車道未経験でも何とかなるかも、何か楽しそうだから受験してみようと思う人が増えてくれるのかどうか。

本当は私たちが心配することじゃないかもしれないけど、なんでもいいから未来に繋《つな》がる流れを作っておきたい。

多分どこの学校も、この時期の最大の悩みは後継者育成じゃないかな。急な無限軌道杯の復活も、育成をしやすくするための連盟の思惑かもしれない。これまでは夏の大会が終わったら三年生は試合終了だったけど、無限軌道杯に参加すれば、下級生中心の新体制をバックアップできるし、逆にやり残したことを実際に参加して直接伝えるのだってできる。

幸いうちの学校は、あんこう、アヒルさん、カバさん、ウサギさんの四チームは来年もメンバーが揃《そろ》っているから比較的安心だけど、他はメンバー割れするから新人来てくれないかなあ。

普通の学校はこれだけ戦車道で活躍すれば、希望者が大幅に増えるもんだろうけど、なぜかうちは全然来ない。不思議だねえ。文化祭と体育祭を合わせた学園祭でも、戦車道アピールを散々やって、新人募集したけど……いやまぁ、あれを見たら一般生徒は引いちゃうか。

選択授業なので途中で変更するのが難しいのが理由かもしれないから、対策も考えておかないとダメかな。

いや、自分たちでじゃなく、ここは来年の生徒会の課題として考えさせてみようか。少なくともこの無限軌道杯で活躍して、来年の新入生候補にアピールしつつ、在校生の発掘も考えないと。どうしようもなくなったら、風紀委員や生徒会支援メンバーを駆り出すのもあるけど、やり方を間違えると学園艦が立ち行かなくなるしねえ。

それ以前に、下手に頭数だけ集めても、肝心の戦車が足りないからどうしようもない。少なくとも、公式大会一回戦の定数を満たすようにはなりたいなあ。

今流行《はや》りのクラウドファンディングでどこかから戦車を買ってくるか、せめてスクラップでもあれば……うちの自動車部だったらフルレストアできるだろうし。

戦車が山ほどあるサンダースとか、軽戦車で良いから頼んだら貸してくれないかな。

そんなことを思っているうちに西住ちゃんの説明が終わったっぽい。

アヒルさんチームが真っ先に喰い付いて、磯辺《いそべ》ちゃんと近藤ちゃんが頷《うなず》いている。

『そうだったんですか……』

『私たちのためにひそかに動いてくれてたんですね……』

最後尾では相変わらずカバさんチームが謎の会話で盛り上がっている。

『まるで真田《さなだ》の戸石《といし》城攻めみたいだな』

『カエサルのファルサロスの戦いのようだ』

『江戸城無血開城ぜよ』

『いや、グラン・サッソ襲撃』

『『『それだ!』』』

何となくどれも大きく状況を動かすような戦闘のことだったと思うんだけど……えーっと、戸石城は大河ドラマで見たから分かる。元々真田の城だったのが村上義清《むらかみよしきよ》に奪われて、武田晴信《たけだはるのぶ》、後の信玄《しんげん》が攻略しようとしたけど大敗して戸石崩れとまで言われたんだ。それで武田の配下になっていた真田幸隆《ゆきたか》がこっそりと潜入、奪い返したんだっけ。んで、次は……。

「ファルサロス、もしくはファルサルスはカエサルがルビコン川を越えて権力を握ろうとした時、抵抗する元老院側と衝突して打ち破った戦いですね」

「ありがと」

こっちが首を傾《かし》げたのを見て、そつなく小山が助け舟を出してくれる。

江戸城無血開城は、これもドラマや小説でもよく見るから言うまでもないけど、幕末に勝海舟《かつかいしゅう》と西郷隆盛《さいごうたかもり》が交渉して江戸城を新政府軍に明け渡して、江戸が火の海になるのを防いだんだ。

　で……。

「グラン・サッソはイタリア首相だったムッソリーニが失脚して幽閉されたホテルをドイツの降下猟兵が強襲して奪還した作戦ですね。確かに電撃的かつ極秘裏に行ったという点ではそれっぽいかもしれません」

「ん〜そうするとかーしまは大洗でもっとも危険な女、ってこと？」

　これはグラン・サッソ襲撃を実行したオットー・スコルツェニーが後に評された言葉だけど、それよりはこの作戦をモデルとした『鷲《わし》は舞い降りた』の主人公クルト・シュタイナを指した『頭が良くて、勇気があって、冷静で卓越した、ロマンティックな愚か者だ』の最後の『ロマンティックな愚か者』の方がちょっと似てるかな。まあ、それは私たち三人全員そうなんだけどさ。

　小山が、ちょっと首を傾げつつ聞いてくる。

「前の『頭が良くて、勇気があって、冷静で卓越した』の部分はどうなんですか？」

「勇気はあるよ、間違いなく」

「冷静さは……」

　まあ、あんまり突っ込まないであげるのがかーしまのためでしょ。

　モニタに視線を戻すと、アリクイさんチームがしょんぼりしている。

『でも一人だけパーティーから消えるのは、気の毒だにゃー』

『転職失敗してお役御免みたいもも』

ねこにゃーとももがーの二人は来年もいるけど、アリクイさんチームからは一人卒業するからどうするんだろう。ゲーム仲間とかいるのかな。

それとも最近だと筋トレ仲間なんだろうか。最近受験で運動不足だって言ったら、ゲーム機でやるフィットネス勧められたっけ。運動とかしたくないんだけどな。

『河嶋さんは三年間ずっと無遅刻無欠席の皆勤賞なのに』

カモさんチームこと、風紀委員たちは人数合わせのために無理やり入ってもらったけど、いい仕事をしてくれた。来年はどうなるかな、他の風紀委員が入るのかどうか、ちょっと分からない。

あそこも人数はいるけど、最近は落ち着いたとはいえ一時期は仕事が忙しかったから。昔は戦車道倉庫から持ち出した戦車で暴走する生徒もいて、風紀委員は凄い大変だったらしいし。

『卒業も入学も一緒に祝いたいぴよ』

アリクイさんの卒業する側、日吉《ひよし》ちゃんことぴよたん、いやぴよたんこと日吉ちゃんか、あの子はどこに進学するんだっけか。県外だったような気がするけど、学園艦降りちゃうとなかなか会うのは難しくなるだろうね。でもゲームの上で会えればそれでいいのかな、ちょっと分かんない。

『ああ、一緒にチェッカーを受けたい。あの89年の雨のアデレードのように、後方からでも、粘り強く頑張れば他が脱落してチャンスが狙えるかもしれない』

『うん、フロントローが2台とも1コーナーで消えてトップ4が全員リタイヤする可能性だってある。一周足りない燃料でも頑張れば表彰台だって狙えるはず』

『そうそう、データが全てじゃない。自分をもっと信じて戦えばきっと勝てる！』

レオポンさんチームの卒業組が妙に盛り上がっているけど、ここから三人抜けるのは痛いなあ。

どんな車輌《しゃりょう》でも資料と資材さえあれば一晩で完璧に直して、いや理論値以上を叩《たた》き出《だ》させるようにする自動車部の驚異的な整備能力があったから、わが校はここまで戦い続けられたんだ。

他の戦車道をやっている学校なら、乗員よりも多い整備班がバックアップしてくれることが珍しくない。黒森峰《くろもりみね》なんて掛け持ちとはいえ、一車輌につき18人前後でメンテナンスを行っているって西住ちゃんから聞いた時は、羨ましかったなあ。黒森峰もそうだけど強豪校はどこも整備科まであるぐらいだもんね。サンダースなんて、それだけじゃなくて機械科や戦車工学科とか、支援学科が多くて実に羨ましい。

まあ、アンツィオなんかは食事や芸術関係の方が充実し過ぎて逆に整備能力が不足して、せっかくの重戦車も宝の持ち腐れになっていたけど。あ、チョビのとこ、確か修理できないで放置されている戦車あったよね、あれ自動車部がいる間に貸してくれないかな。新しい戦車入ったら、直した状態で返すって条件で。

とにかく、自動車部の補強も来年の大きな課題の一つだね。ホシノちゃんとかナカジマちゃんとか後輩多そうだし、誰か紹介してくれないかな。ナカジマちゃんは実家方面に帰っちゃうかもしれないけど、ホシノちゃんは地元だから中学部の方に知り合いがいないか確認しておこう。あと、うちの工学科、ちょっと得意なジャンルが違うけどアピールしておいた方がいいな。

『何とかできないかな……』

いいぞ、河西《かわにし》ちゃん。その気持ちが聞きたかったんだ。

ホシノちゃん、下総《しもふさ》大の赤本見てるじゃん。これは気が付いてくれるんじゃない？

『そういえば会長や副会長が志望してる国立下総大はＡＯ入試があるらしい』

そう、それだよ。下総大は比較的近いのもあるけど、個性的で変わった学部があることが有名で、入試も独自性を打ち出している。それもあって一部の学部ではアドミッション・オフィス入試、所謂《いわゆる》ＡＯ入試……なんか総合型選抜だかなんだかになったんだっけ、要するに一芸入試があるんだ。

ほら、よくスポーツが優秀な選手を引っ張るのに使われたりしてるのを見るあれだ。

『ＡＯ入試？』

阪口《さかぐち》ちゃんがキョトンとしている。まあ、一年生たちはまだ受験は先のことだと思ってるだろうから、仕方ないか。

『何か一芸があれば、入学できるの』

でも、説明してるのは同じ一年の佐々木《さ さ き》ちゃんか。彼女たちはバレー部だから、先輩たちがAO入試で進学しているのを見ているのかもしれない。わが校のバレー部も優秀な人間がいる割には定員まで集まらなかったからね。

どっちかというと、うちは運動部よりもブラスバンドとか文科系の方が目立っていたし。

『えーっ！』

『おーっ！』

『だからAO入試っていうんだ』

『なるほど』

ウサギさんチームが盛り上がっているけど、そこ、納得しない。

『違うよ！』

ほら、澤ちゃんが突っ込んだ。

『あ、じゃあ、戦車道でも入れるのかな』

武部ちゃんは鋭いね。上手《うま》いこと誘導してくれている。

『あっ！　入れるかも……お姉ちゃんも、戦車特待生としてニーダーザクセン大学へ留学が決まって。今、ドイツに行ってるの』

さすが西住姉、西住流後継者であり、高校生で国際強化選手入りしてるだけある。戦車道の本場ドイツに留学とはね。まぁ、元々黒森峰はドイツとの付き合いが長いし、毎年優秀な選手をドイツに送っているとは聞いてるけど、特待生になるのはその中でも特に優秀じゃないと無理らしい。

その上、この時期に既に行っているとなると、先方の期待度がとても高いんじゃない？

『確か大学選抜のメグミ、アズミ、ルミさんたちもスポーツ特待生で入学したはずです！』

秋山ちゃん、戦車道となるとさすが詳しいね。お姉さん、花丸あげちゃうよ。

ここのところ、戦車道がある大学は積極的に特待生を集めている。夏に優勝したから、結構うちにもあちこちの大学からスカウトが来ていたくらいだ。優勝の立役者であるあんこうチームに今から唾を付けておきたいってことなんだろうけど、他の子たちにも結構興味を持っていたようだ。自動車部の子たちなんかはどこからでも引く手あまただったんじゃないかな。

問題は、残念ながらかーしまがスカウトに全然引っ掛からなかったってことなんだよね。どこかが指名してくれれば、多少は違ったんだろうけど……。

『それでいきましょう。冬季大会で河嶋先輩を隊長にして、優勝するんです』

五十鈴ちゃんが、新生徒会長らしくピシッと方向性を打ち出してくれた。

いやー、やっぱりこっちから「進学できなそうだから、無限軌道杯に出てかーしま隊長にして優勝して！」なんて言えないじゃない。そんなこと言ったら、かーしまもへそ曲げて「いいです、私は実家の手伝いをしますから」って言いかねないし。

だから煽るだけ煽って、西住ちゃんたち自身が危機感を持って解決策を考えるように仕向けたんだけど……ゴメンね、みんな。多分来年からはこんな面倒にならないよう、あれこれ片付けていくから。推薦枠も増えるように根回ししておくよ。

「会長、悪い顔してますよ」

おっと、小山に突っ込まれた。

「ヤバい資料は破棄しておいてね」

「裏から手を回す必要がなくなって安心しました」

「まあねぇ、やっぱり勝負は正々堂々やらないとね」

どの口が偉そうに言うんだって突っ込まれそうだけど、学園艦廃艦にまつわる負の遺産は全部私たちの代で片付けちゃうつもりだから。

『いいですね！』

お、ウサギさんチームが真っ先に喰い付いた。

『わたしたち、先輩のためにがんばります！』

『えいえいおーっ！』

『よしマッチポイント阻止だ！』

『ノックアウト方式での予選脱落阻止！』

『キャラロスト阻止！』

よしよし各チームとも盛り上がってる、盛り上がってる。

……って、慎重派が難しい顔しているな。やはり慎重派筆頭は冷泉ちゃんか。普段眠そうにしている割には、鋭い時は圧倒的に鋭い。頭も切れるしね。

『……河嶋先輩が隊長』

『一抹の不安はあるが……』

そこに乗ってくるのはやっぱりカバさんチームか。

ただ、まああの子たちならイイ感じに話がそれていってうやむやになるんじゃないかな。

『西住隊長の助言をすべて受け入れればいける、そうトレビゾンド帝国アレクシオス一世のように』

『いや、ここは足利義昭《あしかがよしあき》だろう』

『大内義長《おおうちよしなが》の方がそれらしいぜよ』

『傀儡《かいらい》隊長というわけだな、そうサロ共和国のように』

『『それだ！』』

ほら、話がそれた。

『西住さん、今回は副隊長として、先輩を立ててがんばりなさいよ！』

『あ、はい』

そど子こと園《その》みどり子のフォローで、西住ちゃんがなし崩しに受け入れたみたい。お手柄だ。

『えーっと皆さん、河嶋先輩の留年阻止……じゃなくて、えーと……先輩が無事、大学生になれるよう、がんばりましょう』
西住ちゃんの締まるようで全然締まらない号令で、全員が一丸となった。
『おーっ』
『留年！』
『阻止！』
『留年！』
『阻止！』
留年阻止のシュプレヒコールが沸き上がる。
何か間違っているような気がするけど、この流れはもう誰も止められないね。
『やめろ〜！　留年じゃない！　やめろ〜』
かーしま、諦めなさい。

さて、新生徒会が帰ってくる前にお茶の準備でもしておこうか。主に小山が。

「もー、杏はいつもそうなんだから」

小山が文句を言いながら、嬉しそうに紅茶を用意する。わが友ながら面倒見がいいのはありがたいけど、生活能力がない相手に引っ掛かりそうで、ちょっと心配だったりもする。

お湯が沸く頃、生徒会室の扉が開いた。

「おっ、ちょうどいい所に。お茶飲む？」

「あっはい、頂きます」

くたびれた顔の西住ちゃんが、ソファに座り込んだ。

× × ×

「大体こんな感じです」

説明が終わると、ほっと一息ついてみつだんごを口に運ぶ五十鈴ちゃん。まあ、監視カメラで全部見てたんだけどさ。消耗してお腹《なか》が空《す》いたのか、西住ちゃんも意外と食べている。でも、五十鈴ちゃんには全然敵《かな》わない。近所に二つあるみつだんごの店両方から買っておいて良かったよ、まさか一パックが一瞬で無くなるなんてね。

「桃ちゃんが隊長!?」

小山が驚いた演技をしてくれて助かる。

「はい」

「申し訳ない……」

五十鈴ちゃんに、冷や汗を流しながらかーしまが頭を下げた。

「すまないね～かーしまのために」

「じゃあ無限軌道杯に間に合うよう、早速、戦車を探しに……」

かーしまが責任を感じたのか、慌てて立ち上がるが、武部ちゃんが止めてくれた。

「わたしたちが探しますから」

「河嶋先輩は受験の特訓をしていてください」

五十鈴ちゃんが当然のツッコミを入れる。

違うんだ、今更焦ってもなかなか厳しいんだよ。

「で、戦車がどこにあるか見当はついてるんですか？」

秋山ちゃんが嬉しそうに聞いてくる。本当に戦車好きだねえ、君は。

「反応があったのは、船底の方だが……大丈夫か？　危ないぞ？」

秋山ちゃんの喰い付きの良さにかーしまがやや押され気味だが真剣な顔で答えている。

ああ、うん、あそこはね、とても危ないんだ。

思わず遠い目をしてしまった。

「そど子が案内してくれるそうだ」

冷泉ちゃんがいつの間にか大体の位置を聞いていたようで、艦内に一番詳しい風紀委員長、いや前・風紀委員長だね、に話を付けていた。

書類挟みを持ったそど子が踵《かかと》を鳴らして入ってきて、気を付けをする。あのポーズどっかで見たことあるんだけどなあ、何だったかなあ。無駄な悪あがきをするなと言われても、何があってもへこたれない、不屈の人々を描いたようなアレに出てきたキャラっぽい。

「何か必要な物はありますか？」

「危険だと聞いたので、色々用意した方がよければちょっとお時間をください」

「大丈夫よ、この私が案内するんだから！　さあ、行くわよ！」

西住ちゃんと秋山ちゃんの質問に、そど子が自信満々で答えると、そのまま先陣を切って出て行った。さて、それじゃ我々も作戦室へ行こうか。

×　×　×

作戦室のモニタにはノイズ混じりの映像が映っている。

「艦底部のカメラは映りが悪いんだよねぇ」

何かあっても、艦内放送でこっちから声を掛けるわけにもいかないし、というか艦艇部はカメラ同様に生徒会の放送システムが使えない所が多い。小山も渋い顔をしている。

「メンテにも行けませんし、新しい小型カメラを買う予算もありませんしね」

「船舶科の子たちも命が懸かっているから、保安部品は丁寧に扱ってくれているけどさ」

船舶科は学園艦の保守点検はしっかりやるから、多少変なことをしても多目に見るというか、むしろ生活は自由にさせてガス抜きをしておかないと、ただでさえ環境が悪いんだから反乱とかが起きたら始末に負えない。

今まではかーしまが何とかしていたけど、ここで生徒会も代替わりしたんだと船舶科の子たちにもちゃんと教えておかないとね。いい顔合わせになるでしょ、きっと。

そど子たちを追い掛けているカメラを切り替えても、どこも似たような造りの飾り気のない通路が映っている。フロア番号が無いと今どこにいるのか迷ってしまいそうだ。というか、実際迷う。

おっと、カメラに人影がよぎった。

『こんにちはー』

水産科の生徒たちか。

この辺りは水産科のテリトリーで、他の生徒や業者も来るのできちんと整備されている。

『ぜんぜん危なくないじゃない』

事前に脅かされていたのと大違いで、武部ちゃんが口を尖《とが》らせた。

『わかってないわね、この辺りはまだ学園艦の上の方』

そど子の説明をよそに、興味津々で水槽を覗き込むのは秋山ちゃんだ。

『この周りのは何ですか？』

『これはみんな養殖用水槽よ。学食や艦内の水産物はだいたいここで育てているの』

『あ、航海中の補給はどうしてるのかと思ったら、ここで作ってたんですね』

『え、船の上から釣ってるんじゃないの？』

『そんなわけないじゃない！　甲板から海面までどれだけ距離あると思ってんのよ！』

武部ちゃんのボケにそど子が突っ込む。まあ、水産科の生徒たちも艦内ドックから漁船出して遠洋漁業に行くこともあるけど、さすがに甲板からの釣りは実用的じゃない。

秋山ちゃんが覗いている水槽、あれは大洗学園艦名物だ。

あんこう、しらす、はまぐり、岩ガキ、シジミ、クロカジキ、ヒラメ、カレイ、イワシ、サバなどの養殖場が広がっている。特にあんこうの養殖は大洗水産科が代々苦労に苦労を重ねて、学園艦で初めて成功した……んだけど、なんか全然知名度がないんだよね〜。

農業科が作っている米やイモなどの作物も、学園艦の全ての住人を賄っても十分お釣りがくるほどの生産量があるから、艦外に定期的に売りに行っているんだけど。品質も高く評価されているのに、ブランド化されていないせいか、引き合いが今一つだ。

『この辺りは生徒たちも穏やかでみんな校則をそれなりに守ってくれてるけど、船底に近付けば近付くほどどんどん治安が悪くなっていくの』

そど子の説明が続いている中、地獄へと続く通路のような長〜〜〜〜〜〜〜〜〜〜い階段を降りる最中に武部ちゃんが音を上げている。

『この階段、どこまで続くんですか』

『ここから下までなら２５００段くらいだった……ような気がするわ』

『えー、エレベーター無いの？』

『大丈夫、途中までしか使わないから』

『あ、良かった』

『下の方は梯子《はしご》になるから』

『もっと悪い！』

漏れ聞こえる会話に苦笑いする。

ブロックによっては機材搬入用に大型エレベーターがあったり、中には車が通れるようになっていたりするけど、そんな所は人の出入りが多いかメンテナンス用に機材運搬が必要な所だけだ。

船舶科区画は一般生徒にはほとんど用がないので、最低限必要な階段や梯子以外設置されていない場所がとても多い。とはいえ、あの辺りはメンテナンスの都合もあって、まだ人通りが多いんだ。

驚くのはこの先だよ。


階段を抜けると、その先は水密区画になるので、防水扉の先は階段がなくなって梯子だけになる。梯子を降りた先こそが、本当に大変な場所になるんだ。

そど子も本人たちの意思を確認するように口を開いた。

『いい？　ここから先は大洗のヨハネスブルグと言われているのよ』

『『『『えっ！』』』』

一斉に驚愕《きょうがく》するあんこうチーム。

ヨハネスブルグと言えば南アフリカ共和国最大の都市で、世界でも有数の犯罪多発都市として知られている。人によっては中南米の方が大変だとか、やっぱり犯罪都市と言えばデトロイトじゃないかって意見もあるけど、ネットミームになるほどの知名度の高さによる分かりやすさは圧倒的だ。

『これ以降は生徒会の手が及ばない文字通りの無法地帯』

そど子が脅すように、壁の独特のスプレーアートによる多数の落書きを示す。だけど西住ちゃん以外はそこまで驚いた様子はない。まあねえ、大洗の町中でも時々壁とかにスプレーで落書きをしたり、ゴッドファーザーのテーマを奏でながらゆっくり蛇行したりする珍妙な存在が出没するから、その程度だと驚くほどじゃないか。むしろ秋山ちゃんなんか喜んでいるぐらいだ。

我々の手が及ばないというか、船舶科は独自の文化があるからね〜。好きにさせてたら、いつの間にか無法地帯になって困った困った。まあ船乗りなんてのは、そんな感じだよね。

「この先はカメラが壊れている場所も多いですね」

「主要部はかーしまが頑張って修理してたけど、全然手と予算が足りないからね〜」

小山がカメラを切り替えるが、映らない箇所がとても多い。中には壊れていなくても、カメラの回線が船舶科の管制システムに勝手に繋ぎ変えられているのもあると思うけど。

それでも船舶科のテリトリーとなっている三十番隔壁、別名「大洗の壁」を監視するカメラは重要地点であるので定期的にメンテナンスを行っているから、しっかりと映像を送ってきている。

『「打倒水産科」って、船舶科と水産科は仲が悪いんですか?』

『同じ船を扱う者同士ですけど、色々と確執があるとは聞いております』

秋山ちゃんはふと目にした落書きが気になったようだ。五十鈴ちゃんはそれに対して新生徒会長として、ちゃんと引き継ぎ事項に目を通していたようで簡単な説明をする。

電力や水の扱いで結構ぶつかるんだよ、この二つの科は。

通路の先にはいつものように有刺鉄線が張られていた。

水密扉の横にわざわざ鉄材を立てて、有刺鉄線を張ることで通路を遮っており、向こうからは鉄材を動かせば自由に行き来できるけど、逆からは難しいようになっている。

『この間取り除いたのに！』

そど子が怒りの声を上げた。定期的に風紀委員が見回って撤去しているが、常に人員を張り付けるわけにもいかないので、立ち去る度に封鎖されて、いたちごっこだ。

そんなそど子に秋山ちゃんが声を掛ける。

『あー、言ってくれればコレクションのワイヤーカッター持ってきましたよ』

『何でそんな物持ってるの？』

『え、戦車にも載ってるじゃないですか、普通の嗜《たしな》みですよ』

『普通かなあ』

秋山ちゃんがコレクションを使う機会を逃して切歯扼腕《せっしやくわん》しているのに、武部ちゃんが冷静に突っ込んだ。それをよそに、五十鈴ちゃんがすっと前に出てくる。

『切りましょうか』

何をするのかなと思ったら、袖口から華道鋏《かどうばさみ》が飛び出し、西部劇のガンスピンのように華麗に回転、そのまま一閃《いっせん》して有刺鉄線が断ち切られた。

『『『『おおー』』』』

あまりにも見事な魅せプレイに驚きの声が上がる。

え、なに、五十鈴ちゃんの所の華道って、あんなエンタメ方向なの？

「お堅いようだけど、意外にさばけているのね」

小山もやっぱりそう思ったみたいだ。

その間にそど子が鉄材を横にどけて先に進んでいく。

まだかろうじて映像が届いているけど、先の方のカメラはダメっぽい。

『急にゴミが増えてきましたね』

『ここは清掃も入れないのよ』

秋山ちゃんが言う通り、通路にはゴミ、空き瓶や切れたチェーン、トランプなんかが散乱している。まあ、有刺鉄線同様関係ない人間が間違って入ってこないように、威嚇するためにわざとばら撒《ま》いているって噂もあるけどね。

『おっ、Ｆｏｒｃｅ 10 ｆｒｏｍ Ｎａｖａｒｏｎｅって書いてありますよ。あの映画、Ｔ－34がドイツ戦車役で出てくるんですよね！』

廃墟のような場所なのに、秋山ちゃんが空気を読まないで落書きの内容に興味津々だ。

『あの、あんまり周囲を刺激しない方が……』

ビクビクしている西住ちゃんが注意をして、秋山ちゃんもやっと周囲に人がいるのに気が付いたようだ。カメラからは見えないけど、船舶科の生徒たちがたむろしているらしい。

『引き返さなくて、大丈夫なんですか？』

『大丈夫よ。私が取り締まってあげるから』

秋山ちゃんが確認するのに、そど子が自信満々で応えている。たまに見える周囲の船舶科の子たちも、視線で威嚇するばかりでむやみに手を出してはこない。

『艦内で火を焚《た》いてますけど、あれいいんですか？』

『ここは許可区域になってるから、大丈夫だけど、あんまりやってほしくはないわね』

『スカートが長いですけど、あれがスケバンというのでしょうか』

質問に律儀に返しているそど子がウザいのか、船舶科の子がギターをかき鳴らすと、西住ちゃんがびくっとして足を止めた。しかし、本当に戦車乗ってる時と全然性格が違うね。ハンドル握ると性格変わる人がいるけど、西住ちゃんは、秋山ちゃんが時々言ってるパンツァーハイって奴《やつ》かな？

『ガンつけられてますね』

『目、合わさない方がいいよ』

五十鈴ちゃんと武部ちゃんが小声で話していると、人影が動いた。

『ちょっと待ちな』

『断りもなく通るつもり？』

白の船舶科の制服にロングスカート、ブリーチした七三分けのショートヘアと、何というか形容が難しい前髪だけが色が薄い特徴的な髪形のレディースっぽい二人組が道を塞いでいる。なんだろう、将来的には変なスカルをかたどったマスクとかをしそうな雰囲気で、お姉さん心配だよ。

西住ちゃんがびくびくしているが、そど子が胸を張って前に出た。

『学校の中を通るのに誰の許可がいるのよ。通行は自由よ！』

『あ〜ん、なんだぁこいつ』

『元・風紀委員長、現在は風紀委員相談役・園みどり子よ！　あなたたち、スカートが長すぎるわ！　それにこのあたりゴミだらけじゃない。掃除しなさい！』

『へ〜、じゃあアンタ、掃除してくれよ』

『何で私が！　自分たちでやりなさいよ！』

『うるさいぞ、おかっぱ』

『おしおきが必要だなぁ、おかっぱ』

そど子が船舶科の子と言い争っていると、いきなり左右から持ち上げられた。小山がその様子を見て緊張感に欠ける言葉を吐く。

「まるで捕まった宇宙人みたいですね」

「ああ、エイプリルフールのネタだった合成写真の」

ドイツの何とかいう週刊誌が作った写真だよね、それって。

『何すんのよ！』

『！』

レディース二人がそど子を持ち上げたと思ったら、一瞬でカメラから消えた。

『速いです！』

『あ～～～～れ～～～～～！』

秋山ちゃんが目を剝《む》いているが、そど子の声が遠ざかっていくだけだ。

冷泉ちゃんは普段テンションが低いけど、そど子と仲がいいからか、いち早く前に出た。

『やれやれ、行くぞ』

『うん！』

そど子の後をあんこうチームが追い掛けたが、すぐにカメラから見えなくなった。

「おい、消えたぞ」

こっちの指摘に小山がカメラを切り替えているが、先行している船舶科の子たちは我々が知らないか、もしくはカメラが無い通路を通っているみたいで、左右に首を振る。

「ダメみたい、どこにも映っていないわ」

「まあ行き先はあそこしかないか」

「例の場所はカメラがあるから、そっちに切り替えてみる」

小山の操作で、モニタに薄暗い倉庫が映る。

「誰もいないね」

「ちょっと待って……このカメラ、音声は死んでいるっぽいので、画像だけなら」

「旧型の監視カメラなんて、そんなもんだよね。おまけに画面も白黒だし。映るだけまだいいよ」

5分ほど待っていると、そど子が船舶科の二人に連れられて落ちてきた。

正確に言えば、最初にそど子が船舶科の子の小脇に抱えられて落ちてきて、クッションに落ちる直前にポールから飛び離れて慣れた様子で着地を決めて、もう一人も同じように着地したんだけど。

一人が文句を言っているそど子を連れて、奥の方へと消えていく。

残ったもう一人が少し乱れたクッションを直して奥へと消えた。

じゃあ、西住ちゃんたちもそろそろ来るかな。


と思ったら、一塊になって落ちてきた。

最後に秋山ちゃんが綺麗《きれい》な一回転の後に着地を決める。

「おお――――」

思わず拍手が出た。

そのまま秋山ちゃんは部屋の奥に向かうけど、うーん、カメラの死角で見えない。ま、どうせこの先は例の部屋だから、切り替えるか。あっちなら、音声も入ってカラーだし。

お、海賊の歌メドレーがBGMか。ステージでの生歌付きのバーでおしゃれだ……って違うわ。歌ってるのは、確かフリントちゃんだったっけ。

いつもマイクを持って歌っているから、さすがに名前は覚えたよ。

えーっと、あれ、そど子がいない。さっきの二人組もいないいな。もう裏口から出て行ったのかかな。

昔懐かしい感じのオレンジ色の灯《あか》りに照らされた室内は、コンクリート打ちっ放しの壁に帆船の絵、額に入れたマスケット銃やサーベル、浮き球や救命浮き輪が飾られ、床は赤いリノリウムが張られている。奥には、昔の船の甲板で使われていた一枚板で作られたカウンターがあり、手前には赤いもじゃもじゃ毛にセーラーハットを被《かぶ》った船舶科生徒がスツールに腰かけている。

奥の席にもう一人いるけど、今のカメラ位置だとよく見えない。

カウンター奥の棚には、ノンアルコールラム、要するにサトウキビのシロップとかノンアルコールジン、要するに杜松果《ジュニパーベリー》で香り付けをしてスパイスと砂糖を加えたジュース、とかブドウジュースとかが乱雑に並んでいる。

棚の前には眠そうな目をして手にはシェーカーを持ち、カマーベストに蝶《ちょう》ネクタイ、黒いエプロンにヘッドドレスを付けたバーテンダー、いや女性だからバーメイドかな、が立っている。

テーブル席に、もう一人誰かいるのが見える。

一通り中の様子を確認していると、ピンクのアクリル板がはめ込まれたドアが、カランと音を立てて、西住ちゃんを先頭にあんこうチームが入って来た。

「学園艦の最深部、そど子が連れ去られた場所。悪弊と野望、怠惰と混乱とを、フードプロセッサーにかけてぶちまけた、ここはバーどん底。船舶科のディーゼルスメルに惹《ひ》かれて、適当な奴らが集まって来る。ここで飲む、ハバネロクラブは辛い」

「杏、それ何？」

「いやあ、昔、どん底に行った先輩から聞いたフレーズをちょっと改変したんだけど、元ネタはよく知らない」

思わず口からこぼれた台詞《せりふ》を小山に突っ込まれている間に、バーメイドの子が冷たい視線を先頭の西住ちゃんに向けた。

『店に入ったらまず注文しな』

『あ、はいっ、えっとメニューありますか？』

バーメイドの、えっとあの子、何てったっけ？

「カトラスさんね」

そーそー、なんとか丼のカトラスちゃんだ。

西住ちゃんがわたわたしながら聞いてきたのを、カウンターのもじゃもじゃの……。

「こっちはラムさん」

シベリア高気圧だかなんだかのラムちゃん、だっけか。一言で西住ちゃんの注文を切って捨てる。

『んなもんないってー』

『すみません』

困惑する西住ちゃんだけど、武部ちゃんが他のメンバーに気軽に聞いていく。さすが、コミュニケーション能力が高いだけあるね。

『何にする？』

平然と手を上げる五十鈴ちゃん。

『わたくしはミルクティーで』

『あ、じゃあ、わたしも』

五十鈴ちゃんが口火を切ったので、何とか西住ちゃんも注文できた。

『ミルクココア』

『わたしはカフェオレで』

『ミルクセーキ』

武部ちゃんの注文で、秋山ちゃんや冷泉ちゃんもバーらしくないオーダーを出す。それにカトラスちゃんがちょっと眉をしかめて、周辺の子たちが失笑した。そうなるよね。

『何それー、お子ちゃま？』

『お嬢ちゃんたちは地上で、ママのおっぱいでも飲んでなさいよ』

ラムちゃんが失笑すると、帽子で顔を隠すようにソファで寝ていた生徒から一生に一度は聞いてみたい台詞が出たね。あの子は……クマノじゃなくって、クキじゃなくって……クルシマだっけ？

「ムラカミさんでしょ」

そだ、バミューダのムラカミちゃんだっけか。

『用が済んだら帰る』

冷泉ちゃんが平然とどん底の店内に踏み込んでいく。

その間もフリントちゃんが気にせず歌い続けているのはなかなかの大物だね。

『そど子はどこだ』

『ヘイ！　……そど子ぉ？』

問答無用で冷泉ちゃんが聞くと、歌い終わったフリントちゃんが会話に入って来た。

『おかっぱの元・風紀委員長だ』

『おかっぱ？』

『おかっぱって、あいつらが放り込んでいったあれかぁ？』

テーブル席のムラカミちゃんが気が付いたようだ。

『あれだ』

『おかっぱならあそこで掃除してるー』

ラムちゃんが指を鳴らすと、カウンター横の扉が開いた。おお、あんな所に扉が。

監視カメラ越しだとあんまりよく見えないけど、どうやらタイル張りの水回りの部屋があって、そこに船舶科じゃない制服を着た誰かがいるみたいだ。

『ちょっと！　早く助けなさいよ！』

ああ、間違いない。あの声はそど子だ。冷泉ちゃんがグイグイと踏み込んでいく。

『そど子を返せ』

『掃除が終わったらね～』

『あとは自分たちでやれ』

ラムちゃんをスルーして、冷泉ちゃんが奥の部屋に入るとそど子を連れ出して来た。

『帰るぞ』

『その前にこれ外してよ！』

『あら、古式ゆかしいボールアンドチェーンですね』

五十鈴ちゃんが軽々と何かを持ち上げた。って、ボウリングの球ほどもありそうな鉄球じゃん。

だが、さっきまで座っていたムラカミちゃんがいつの間にか仁王立ちで帰り道を塞いでいた。上背があって体格がいいから、威圧感がある。スツールに座っていたラムちゃんもフラフラしながら、瓶を片手に降りてきた。あの瓶、ノンアルコールのはずだから雰囲気で酔っ払ってるのかな。

『ちょい待ちー。タダで連れて帰れると思ってんの？』

マイク片手のフリントちゃんも、軽快にステップを踏みながら道を塞いでくる。

『大体お前ら、何しにあたいらの縄張りに入って来たんだよ』

『あの、戦車を探しに……』

西住ちゃんがおどおどと答えたが、本当に戦車乗っている時とは別人だね。

『戦車ぁ？　あんたたち、何なのよ。人にものを尋ねる時は自分たちから名乗るのが礼儀でしょ？』

フリントちゃんがマイク越しに熱弁をふるっているけど、横ではラムちゃんが糸目でノンアルラム酒を瓶から一気飲みしているから、緊張感に欠けるなぁ。

『生徒会長の五十鈴華《はな》です』

『副会長の秋山優花里《ゆかり》』

『広報の武部沙織《さおり》』

『えっと、わたしは隊長の……』

『隊長～？』

『はい、戦車の』

『戦車～？』

ラムちゃん、セーラーハットの上に瓶乗っけて微動だにしないけど、フリントちゃんみたいに変形させて上を潰しているわけじゃないのに、まぁ器用なもんだねえ。

「あれは改造制帽ね。中に芯を入れているのかな」

小山が思わず口に出たこっちの疑問に真面目に返事をしてくる。

「そなの？」

「恐らく。ゴブハットは普通コットン１００％のズック生地で、芯無しでステッチだけで強度を出しているんだけど、それだと作るのが手間で、確か最近の船舶科用は改良型になっているはず。前に申請書類で見たから」

小山がすっと書類を出してきた。今、それどこから出したのかな？　まあ、いいや。どうやらあの帽子は別名ゴブハットと言うらしい。何でも制服の納品業者さんが現在は仕様通りには作れなくなったので、作りやすく改良したとか。へぇ、あの縁の部分を下げて被ることもできるんだ。

『あぁ、陸《おか》のフネだっけ？　ドンガメみたいな』

おっと、聞き逃すところだった。

『うへぇ！』

秋山ちゃんにとっては戦車をバカにされるのはイラッとするよね〜凄い顔してるよ。

『えっ、まぁ……その隊長の西住みほといいます』

『ドンガメ操縦手の冷泉麻子《まこ》』

『このあたりに戦車の反応があったんです。教えていただけませんか』

五十鈴ちゃんの説明にあわせて、そど子が懐から出した書類を見せている。

『タダじゃ教えられないい〜』

ラムちゃんが前屈《まえかが》みになったので、頭の上の瓶が落っこちたけど、タイミングよく受け止めてあんこうチームを指す。船乗りだけあって、バランス感覚がいいね。

『勝負に勝ったら教えてあげてもいいけど』

『勝負!?』

『勝ったら、そど子も解放するな？』

武部ちゃんが不満そうな声を上げたが、冷泉ちゃんがさらっと勝負を受けている。

ラムちゃんが安請け合いするけど、大丈夫かねぇ。西住ちゃんたち手ごわいよ？

『んっふ、オッケー』

『じゃあ、まずあたいからだよ』

フリントちゃんが、手首に結んだロープを見せた。

『これをほどいてみな！』

『あっ、錨結《いかり》びですね！』

これは秋山ちゃん相手には悪手だね〜。基本戦車マニアな子だけど、ロープワークはキャンプとか車の牽引《けんいん》とかでも使うから、余裕で覚えているし。

ほら、一瞬でほどいちゃった。

『何っ!?』

驚くけど、まだまだこれは序の口だよ。

『じゃあ次はこれよ〜』

ステージに上がったラムちゃんが、両手に赤白の旗を持った。うーん、これも武部ちゃん相手には楽勝かな〜。昔の戦車は旗で方向を指示していたこともあるから、西住ちゃんや秋山ちゃんでも解読できそうだけど。

『解読してみて』

『速いっ……』

『えーっとあれは、斜めに縦でイ、横に下、斜めでカ、また斜めでノ……』

西住ちゃんでも驚くほど速いのか。秋山ちゃんは何とか読めているけど、手旗信号って、体でカタカナの形を作って表示しているんだよね。確か。

『イカの甲より年の功！』

『正解だわ……』

『さすが通信手！』

旗が振り終わると同時に武部ちゃんがさらっと答えて、船舶科の面々が焦っている。

自分たちの得意分野でこうも簡単に負けているとね。

『次はこれで勝負よぉ〜』

ラムちゃんがよっこらせとばかりにカウンターに上がると、カトラスちゃんが肘を突いて挑発的に親指を突き出し、指相撲の勝負を挑んできた。五十鈴ちゃんと西住ちゃんが一瞬顔を見合わせて前に出ようとするが、冷泉ちゃんが遮ってスツールに座る。

あんまり表情変わらない同士の対決かぁ。

『れでぃーごー！』

ラムちゃんの合図で試合が始まると、二人とも無表情のまま、物凄《ものすご》い速さで指を動かして相手を押さえ込もうとしている。おっと、ここでカトラスちゃんの大技が出た。完全に上から関節を取りにいった……けど、冷泉ちゃんが真っ向から受けて弾《はじ》き飛ばした！

しかも返す動きで爪をホールド！

『くっ！』

冷泉ちゃんが力を入れつつ、関節から指の付け根へと指先を送り込んで、完全にカトラスちゃんの動きを支配している。

『すごーい、指を根元から押さえた！』

審判のラムちゃんまで驚いてる。

『さすが麻子さん』

『戦車を操縦してるうちに指が鍛えられたんですね！』

西住ちゃんと秋山ちゃんが感心しているけど、小山もそうなのかな。だったら指相撲は避けよう。

『ええい、めんどうね！　腕っぷしで勝負よ！』

ここで三敗になったので、勝ち目がなくなったムラカミちゃんが切れた。最後は腕っぷしで決めようとするのは船舶科っぽいけど、相手が悪いって。おどおどしていて一番弱そうな西住ちゃんにになら勝てると思ったんだろうけど、あの程度平気で避《よ》けるよね。西住ちゃん、素手の喧嘩《けんか》でも一番強い相手なのに。

『いくよ！』

『えっ⁉』

ムラカミちゃんが宣言してから攻撃するけど、あれじゃあダメだよ。西住ちゃんには不意打ちしたって効かないんじゃないかな。後ろから砲撃されたって平気で避けるような相手だよ。

正面からの予告ありの攻撃なんて見切るの簡単だから。

『あのっ、ちょっと困ります！』

西住ちゃんが困った顔で余裕で避けている。砲弾に比べればムラカミちゃんの右ストレートからの左右の連打なんてハエが止まるようなパンチだよね。回し蹴りも出たけど、モーションが大きすぎて余裕で避けている。連打に継ぐ連打、フェイントで帽子まで飛ばしたけど、どれも西住ちゃんの髪の毛に触れることすらできない。

距離があって当たらないなら掴《つか》まえればいいと思ったのか、ムラカミちゃんが突っ込んできた。

『ほんとすみません、話し合いましょう』

あれは幻のショルダー・スルー！

西住ちゃんが頭を下げて、そのまま持ち上げて後ろへと放り投げた。

首と背筋が相当強くないと、あんなに簡単には決まらないのに、軽々とムラカミちゃんは投げ飛ばされ、カウンターの三人を巻き込んで吹っ飛んだ。

これで完全に決まったね。あんこうチームも拍手をしているぐらいだし。

『西住殿、おみごとです！』

『みほさん、弾をよけるの慣れてますもんね』

無条件に秋山ちゃんが褒めるのに、五十鈴ちゃんが冷静にフォローしている。

ズタボロになったフリントたちがカウンター裏から起き上がって来たけど、目付きがやばい。

『くっ、やったわねぇ』

『こうなったら』

『みんなで！』

それぞれ手に手に近くにあった武器……武器かなあ、まぁ、武器になりそうなものを手にする。

「なんだか物騒になってきたねぇ」

「あの程度なら大丈夫だと思うけど……ね」

確かにこっちから介入しようにも、できるのはスプリンクラーを作動させることぐらいだけど、あんこうチームが怪我《けが》でもしたら無限軌道杯出場が危なくなっちゃう。

あんこうチームもじりじりとステージまで下がって……って、秋山ちゃん、今何取り出した？

映画で見たから知ってるけど、ポテトマッシャーって奴でしょ。対戦車戦闘用に弾頭部を繋いだのを投げるのは知ってるし、一応戦車道で使用は禁止されてないけど、推奨もされてないよね。

戦車道用なら怪我することはないと思うけど、やりすぎかなぁ。

『うわぁ！』

一斉に飛びかかろうとする船舶科に対し、ポテトマッシャーのキャップを後ろ手に外し、信管に続く紐《ひも》に手を掛ける秋山ちゃん。今度こそスプリンクラーの出番かな。

『そこまでよ』

突然制止の声がかかって、船舶科が動きを止める。カメラ越しにはよく見えないカウンターの奥にいる声の主を見て、ヘロヘロのラムちゃんが情けない声を出した。

『親分〜』

『アンタたち、キャプテンキッド並みにやるじゃない。キャプテンキッドには会ったことないけどね』

カウンターの一番奥に座っていた誰かが、スツールから降りてくる。白のゴブハットに赤い羽根を刺して長い黒髪を後ろで無造作に束ね、ロングコートにロングブーツでへそ出しルックの、ああ、あの姿はある意味ここの主だ。

何とかのお銀《ぎん》、さすがに船舶科でもトップクラスの有名人だけあって、名前ぐらいは覚えている。

スツールから降りるなり、手にしていた瓶を西住ちゃんの方に投げてきた。思わず西住ちゃんが受け取って渋い顔を浮かべている。スツールに戻ったお銀ちゃんが、血のように赤い液体が入ったショットグラスをカウンターに叩き付けた。

『どん底名物ノンアルコールラム酒ハバネロクラブ』

ハバネロクラブ、恐らくサトウキビジュースに、一時期有名になった辛いけど香りが良いハバネロを漬け込むかなんかして、風味を移したものだろう。昔はギネスブックに載ったくらい辛いって話だけど、品種改良で今ではもっと辛いのが出ているんだっけ。前に話題になった時、面白がって料理で使ったことあるんだけど、包丁で切ると汁が飛んでひどい目にあったよ。もう二度とあんな目にはあいたくないね。

カウンターに陣取った冷泉ちゃんの前に、映画のようにショットグラスが滑っていく。

『ノンアルコールラム酒って何？』

『サトウキビのジュースだよ』

『え、ジュース？』

ラムちゃんの返答に、冷泉ちゃんが目を輝かせてグラスを手にする。

『おいしそ』

『やめといた方がいいわよ〜』

ラムちゃんがニヤニヤ笑いながら制止するが、冷泉ちゃんは負けず嫌いなのか一瞬だけムッとした顔を見せて、指を突っ込んだ。

ANEJO 3 AÑOS
Habanero Club
ANEJO 3 AÑOS
RHUM
NON-ALCOHOLIC

『辛い――！』

だけど一口舐《な》めただけで、とたんに口から吹き出して、ラムちゃんが呆《あき》れた顔になる。

『言わんこっちゃない』

『ドレイク船長も裸足《はだし》で逃げ出す地獄のペッパーラム、飲み比べよ』

お銀ちゃんがショットグラスを掲げて挑発すると、ずいと五十鈴ちゃんが前に出た。

『わたくしが飲みます』

『ふん』

五十鈴ちゃんに対して、お銀ちゃんが不敵な笑みを浮かべる。まあそうだよね、いいとこのお嬢様っぽい見掛けで、楽勝だと思うよ。両手でショットグラスを持つ姿も優雅で、愁いを帯びたような目でグラスの中身を見つめていると、ああこれは逡巡《しゅんじゅん》してるなって思ってもおかしくない。

だけど、さすがは新生徒会長、根性が据わっている。一気に行った。

『『おお――――』』

一同が驚愕する中、五十鈴ちゃんが静かにグラスを置いて口元を拭うと、お銀ちゃんも僅かに顔をこわばらせるが、対抗するように一気飲みしてカウンターに叩き付ける。

間髪を容《い》れずに二つのグラスが、二人の前へと滑って来た。

五十鈴ちゃんがやや苦しそうにしつつも飲み干したのを見て、想定外だったのかお銀ちゃんの眉がヒクついた。でも、平気そうな顔をしたまま二杯目を飲み干す。

『やるわね。でも、まだまだこれからよ』

『望むところです』

お銀ちゃんの挑発に五十鈴ちゃんが返した所で、新たなグラスが滑って来る。

立て続けに飲み干す二人、グラスだけが積み上がっていく。

『華さん……』

西住ちゃんが心配そうにしたのに、ちらっと余裕のある顔を見せる五十鈴ちゃん。

だが、その顔はやや紅潮して汗も見え始めた。

『治まった？』

『まだ』

誰の声かと思ったら、戦いを通じて友情が芽生えたのか、涙目でクリームソーダを飲んでいる冷泉ちゃんが、カトラスちゃんと仲良く話している。

どうやら、他も何となく打ち解けているような雰囲気だ。

後は五十鈴ちゃんが勝てば、戦車は手に入るかな。ひょっとしたら、その乗員も。

微妙にお銀ちゃんが飲み干すのがつらそうになっているので、何とかなるかもしれない。

と思った瞬間、二人が倒れた。

『華！』

武部ちゃんが慌てて駆け寄るが、その声で五十鈴ちゃんが起き上がった。

『まだです、お代わりをください！』

『平然としてるように見えるけど、腹の中真っ赤っかなんでしょ？』

お銀ちゃんも負けてはいないで起き上がる。だが、声がかすれて厳しそうだ。

『明日は大変よ～』

空になったボトル二本を前にラムちゃんが冷や汗と共に呆れ声を出した。

新たなグラスがテーブルを滑り、二人が手にする。

先行の五十鈴ちゃんが手にして、ゆっくりと中身を飲み干し、やり遂げたとばかりに髪の毛をかき上げた。その顔はさっきよりも紅潮しているが、平然としているように見える。

『お代わりを所望します』

『くっ』

おーおー、明らかにお銀ちゃんが、五十鈴ちゃんの今のパフォーマンスにプレッシャーを受けている。多分単に辛いだけじゃなくて、胃の容量的にも限界が近いんだろう。

飲み干そうとするが、もう胃が受け付けないのか、全然入って行かない。

そのまま後ろにひっくり返った。

『親分！』

『大丈夫っすか！』

船舶科の面々が慌ててお銀ちゃんの下へと駆け寄るが、完全に白目を剝いているようだ。

『華、大丈夫？』

『体がぽかぽかして、あったまりました』

心配する武部ちゃんに対して、五十鈴ちゃんが優しい微笑《ほほえ》みを浮かべる。

『もう、心配させないでよ』

どうやら胃の容量的には全然問題ないらしい。

その間に、お銀ちゃんは船舶科と西住ちゃんたちにソファへと運ばれている。

『氷とビニール袋ください、氷嚢《ひょうのう》を作ります』

『服を緩めて楽にしてあげて』

『呼吸あり、左向きに寝かせた方がいいですか？』

『意識が戻るまではそうしましょう』

秋山ちゃんと西住ちゃんがお銀ちゃんの様子を確認して、テキパキと対策を取っている。

『えーっと、まずは抱き着かれないように後ろから近付いて』

『浮き輪はどこ』

『それは溺れた時の救助法よ！』

一方、船舶科の方は何とか運んで寝かせたけど、その後の対応が完全に間違っている。

ああ、そこ、心臓マッサージとか人工呼吸とかしない。

『うっ、うーん』

『親分！』

あれこれ騒いでいると、お銀ちゃんがどうやら目を覚ましたらしい。横向きに寝ていたのが仰向《あおむ》けになるのにあわせて、枕元に待機しているラムちゃんがかいがいしく氷嚢をおでこに乗せ直している。その間に、武部ちゃんと五十鈴ちゃんもソファに腰かけた。

『親分、大丈夫すか？』

『あたいらの負け、か。あんたら、タダものじゃないわね。約束通り、その子は返してあげる。タダでね』

お銀ちゃんが顎をしゃくると、頷いたフリントちゃんが鍵をムラカミちゃんに投げる。受け取ったムラカミちゃんが、足を差し出しつつ文句を垂れているそど子から鎖を外した。

『返す返さないって、私は学校の備品じゃないんだから！』

もう話は終わりだと言いたげなお銀ちゃんに対して、西住ちゃんが食い下がった。

『あのっ……』

『何？』

『戦車のある場所を教えてもらえますか？』

『戦車？　どうせ戦車とかって陸《おか》の乗り物かなんかでしょ。そんなものに興味はないわ』

『お願いです、新しい戦車が必要なんです。河嶋先輩のためにも』

『誰なの、そいつ。どこの馬の骨ともわからないやつを助ける義理はないわ。馬の骨ってどうなってるか知らないけどね』

全然気が付かないお銀ちゃんとは裏腹に、ラムちゃんがハッとした顔をした。

『うほっ、親分。河嶋っつ〜のは桃さんのことじゃあ』

『桃さん？　桃さんがどうかしたのか』

『これ見て』

武部ちゃんがお銀ちゃんに号外を見せると、船舶科の面々が動揺した。どうやら、まだ艦の底まではかーしまのことが伝わっていないみたいだ。

『何てこと……桃さんが留年だなんて』

『桃さんのピンチ、協力しなきゃあ』

『ここで、飲んだくれていられるのも、桃さんのお陰だし』

『河嶋先輩の？』

船舶科の面々が口々にかーしまの名前を出すのに、武部ちゃんが驚いている。そりゃそうだよね、普通全然縁が無さそうなのに。でも、生徒会ってのは普通科だけじゃなく、全ての科を相手にするんだ。当然問題の多い所ほど、よく顔を出すようになる。

『桃さんは退学になりそうなあたいらを庇《かば》ってくれたんだよ！』

フリントちゃんがマイクを手に歌うように語り始めた。

『そう、船舶科が素行不良だって校長に呼び出されて……』

あの一件はよく覚えている。お銀ちゃんを筆頭に一部の船舶科生徒が出席日数不足で退学になりそうだったのを、かーしまが校長に土下座して、ちゃんと船舶実習をするのと、他の科の手伝いをすることを条件に、しばらく猶予をもらったんだ。反抗的な船舶科の所に何度も通って一人一人に問題を聞き取りすると、それぞれが船を動かす都合があるから昼間の授業に出られない子も多いことが分かって、夜学を増やすように働きかけたり、実習での単位取得を調整したり。

まぁ、出席日数が足りないだけなら、生徒会の権限で何とかできたけど、それだけじゃあ根本的解決にならないしね。

話が伝わったと見た西住ちゃんが、なおも食い下がる。

『それで、戦車道で大学に入れないかと……。そのために戦車が必要なんです』

食い入るように号外を見ていたお銀ちゃんが反応する。どうやら、興味を持ったみたいだ。

『戦車ってどんなものだっけ』

『あのですね、装甲の厚い車で、長ぁい砲身がついてるのもあって、まぁ陸の戦艦みたいなものですよ』

秋山ちゃんの説明に、ムラカミちゃんがハッとする。

『もしかしてー』

どうやら心当たりがあるらしい。よし、上手くいけばこれで戦力増加だ。どんな戦車であっても戦車は戦車、無いよりは1輌でも多い方がいい。何せうちは未《いま》だに初戦の定数すら満たしていないんだから。今は最低参加数の規定が無いからいいけど、もし今後定数を満たしていないと参加不可能とかなったら、目も当てられない。うちの学校がそのまま世界大会に出るとかはありえないけど、もしこれが欧州だったら、大会直前に平気でルール変えてくることだってあるから。

おっと、それより戦車はどこだ。

ムラカミちゃんが向かったのはカウンター横の扉だけど、あっちにはカメラないなあ。

「中も見えないね」

小山も覗き込んでいるけど、あそこ壁じゃないんだ。

「凄い煙が上がっていますけど、機関室かなにかかな？」

「うーん、図面ではそんなことないんだけど」

『うお～、凄いです！』

秋山ちゃんが興奮してるってのは、やっぱり戦車？　声しか聞こえないのがもどかしい。

『あーん、むぐむぐむぐ』

「何か食べてる？」

多分冷泉ちゃんだと思うんだけど、何か食べているらしい音を小山が聞きつけた。

「んんん、中にあるのは戦車じゃないの？」

と思ったら、ラムちゃんの声がした。

『いつも燻製《くんせい》作ってるこれが、まさか戦車だったなんてねぇ』

『うまい』

『でしょ～？　桜のチップ使って、じっくり燻《いぶ》してんのー』

あ、やっぱり戦車だったんだ。って、戦車を燻製器にしてたの？

『どう使えばいいいんでしょうね、これ。結構扱いが大変ですよ』

秋山ちゃんですら困るような戦車って……あ、うちにあるのはそんなのばっかりか。

売れ残りだもんねぇ。

『でっかくて凄そうじゃない？』

『とりあえず自動車部さんに整備してもらいますか？』

『でも、この戦車に誰が乗るの？』

武部ちゃんと五十鈴ちゃんが話している通り、その乗員が問題なんだけど、多分解決すると思うなぁ。それより、本当に資料にあったイギリス戦車なのかな。

『これ、トランスミッションとブレーキが弄《いじ》ってあるみたいなので操縦に二人。機銃手はたぶんいらないので砲手に二人、それに車長で五人は必要じゃないかと』

秋山ちゃんの説明によると、オリジナルからは色々改造されているらしい。ステアリングシステムとかエンジンも改良されていて、何でも後継車輌に近い状態になっているとか。

そして乗員数を聞いた瞬間、お銀ちゃんが即答した。

『あたしが乗る』

よく言ってくれた！　かーしまのためだから動いてくれると思ったけど、ありがたい！

『何言ってんのか良く分かんなかったけど、こいつは陸《おか》のフネなんでしょ？　フネだったら我々の出番よ。あたしは竜巻のお銀』

『大波のフリント』

『爆弾低気圧のラム』

『サルガッソーのムラカミ』

あれれ、覚えてたあだ名、全然違ったよ。ま、いっか。

『これで四人ですね。あと一人は……』

秋山ちゃんの声に被るように、もう一人の声がした。

『生しらす丼のカトラス』

バーメイドがエプロンを外しながら出てきて名乗ったのに、武部ちゃんが驚いている。

『生徒……だったんだ。それはともかく、この戦車どうやって運ぶの？』

『物資搬入用エレベーターがあるから、そこまで運べば大丈夫ですよ！』

何かごそごそしているようなくぐもった秋山ちゃんの声が聞こえるけど、よく見えない。

『エレベーター、コンテナ用だから長さは十分ですけど、幅が足りませんね』

『あ、大丈夫ですよ。これ、左右のこのでっぱり、鉄道輸送用に外せますから』

『なら、十分ですね』

五十鈴ちゃんの質問にも秋山ちゃんが嬉々《きき》として答えている。

さて、これで戦車と乗員は揃った。

燃料はいいとして、砲弾は……と思ったら、小山が資料をもうまとめてくれていた。

「あの戦車は、資料によればイギリス海軍用の6ポンド砲を搭載しているみたい」

「6ポンド砲？」

なんでイギリスは大砲の種類を砲弾の重さで決めるんだろうね。直感的に分かりにくくて困る。そりゃ、ただの鉄球だった時代はそれでもいいかもしれないけど、砲弾が多様化して実重量と口径が一致しなくなったのにいつまでも古い呼び方使うって、現場は大丈夫だったのかね。

少なくとも、今の我々はすっごい困ってるんだけど。

「アヒルさんチームと同じ57ミリ砲ね。ただ、元となった砲は40口径もあって、初速は538m／秒と、口径が短くて350m／秒しか出ないアヒルさんより全然優れてるといえるわ」

「んじゃ、砲力はアヒルさんよりもあるってこと？」

「あのモデルは23口径に減らされてるけど、それでも恐らくアヒルさん以上かと。ただ砲弾がちょっと問題で」

「イギリスの6ポンド砲だったら、聖《セント》グロリアーナも使っているから同じじゃないの？」

「あっちは、57×441リム弾だけど、こっちは57×306で短いの」

また面倒なことになってる。砲弾の互換性がないと補給が面倒じゃない。まぁ、うちは元々雑多な戦車の寄せ集めだから、面倒なのは仕方ないけど。それでも、Ⅳ号とⅢ号突撃砲、ヘッツァーは同じ砲弾なので、多少の融通はできる。他の75ミリ砲搭載戦車も全部共通化したいね。

「連盟に問い合わせをして、合う弾を取り寄せて」

「はい」

「とはいえ、砲弾が届くまで訓練は無理かな」

「自動車部での改良にも時間が掛かるし」

「あと防御力は？」

小山がちらっと資料を見て眉をしかめた。

「大体アヒルさんと同じくらいかな。ただ機動力が無いのと航続距離が短いから、追加燃料タンクの配置を考えないと」

「なるほどね～じゃあ、レオポンさんにはそこを強化してもらうように伝えておいて。他の戦車と一緒に行動できるように、って」

「分かりました」

レオポンさんなら、レギュレーションの範囲内で良い感じに魔改造してくれるはず。期待してるよ。

さて、そろそろあの子たちが、どん底から帰って来る頃かねぇ。

×　　×　　×

「じゃあ、これ、修理と改造お願いね～」

戦車倉庫まで新しい戦車を運ぶと、説明もそこそこにレオポンさんたちが点検と修理項目のチェック、更には改造リストを作り始めた。

小山が要求と納期、臨時費から捻出した予算額を伝えたが、ちゃんと聞いていたかなあ。戦車の下に潜り込んだり、あちこちのハッチを覗いたりしながら、レオポンさんたちがあれこれと感想を述べている。

「9輌目か」

「また新しい戦車が整備できるとはな」

「でも何でこんなおいしそうな匂いがするんだ？」

「肉の匂いがする芳香剤でも置いてたんじゃない？」

「そんなのあるのか？」

「アメリカに行った時、カーショップに新車の匂いとかバーベキューの匂いの芳香剤があったな」

「マジで!?」

残念、それは芳香剤じゃなくて、燻製の匂いなんだ。

西住ちゃんたちが、戦車の中で作っていた燻製を他の戦車道メンバーにふるまっている。

ソーセージにスモークサーモン、燻製玉子、チーズにベーコン、うーん、いい匂いだね。

「うまいぜよ」

「スモークサーモンもいける」

「いやここはやはりソーセージが」

「玉子こそが一番」

「ならば、全部パンに挟めばいいんじゃないか？」

「「「それだ！」」」

カバさんチームが相変わらず盛り上がっている。楽しそうで良かったね。

生徒会室に戻ると、かーしまがお銀ちゃんたち新メンバーと顔合わせをしている真っ最中だった。

「お前たちが加わってくれるのか！」

「当の然！」

「桃さんには世話になったんで」

「精一杯がんばりやす！」

「七つの海に誓って、桃さんを留年になんかさせやしない！」

「だから留年じゃない！」

ふふ、こっちもいい感じじゃない？

他の学校は今頃どうしているのかね。

四強はうちみたいに戦車やメンバー探しで苦労することはないけど、首脳陣を一新してくるのか、それとも三年生が最後の試合にするのか、その辺りが読めないなあ。

少なくとも黒森峰の隊長はもう留学しちゃったから、あそこは新しいメンバーで臨むはずだし、他の学校も、多分来年を見越した手を打って来るのは間違いない。

かーしまの号外は他校の情報収集メンバーの手にも渡っただろうから、これでうまいこと攪乱《かくらん》されてくれればいいんだけど。

まあ、この程度じゃ焼け石に水かな。

第二章

Chapter 2

ガールズ&パンツァー 最終章 上

GIRLS und PANZER das FINALE

無限軌道杯の抽選会会場は夏の大会と同じ多目的アリーナだ。二万人以上が入れる、コンサートとかでも使われる大きな会場が満員だ。各校から参加する生徒が集まったとはいえ、凄《すご》い人数だね。うちの全生徒が一か所に集まったより多いんじゃない？

最近の戦車道人気の高まりってのが嘘《うそ》じゃないのが感じられるような気がするよ。

さて、今回は隊長のかーしまがくじを引くけど、どこと当たるかなぁ？

「おーおー、緊張してる緊張してる」

「顔が引きつってますね」

「かーしまー、もっとリラックスして～」

ドラムロールが雰囲気を盛り上げている中、かーしまが札を上げた。

「大洗《おおあらい》女子学園、４番」

４番か。既に決まっている中で少なくとも聖《セント》グロリアーナとは違う組になった。

対戦相手は……どこじゃらほい。

「一回戦はＢＣ自由学園……」

「どんな学校だっけ？」

「あっ、ちょうどあそこにいますよ！」

秋山《あきやま》ちゃんが指差す先を見ると、最前列で黒髪がもじゃっとしていて目力があるのと金髪吊《つ》り目が、ローズブロンドのクルクルヘアーの前で言い争っている。

確かにあの青と白の制服はＢＣ自由だよね。え――っと？

「資料です」

「ありがと」

小山《こやま》が差し出した選手名簿によれば、黒髪が安藤《あんどう》で、金髪が押田《おしだ》、すると背中を向けているのがマリー隊長かな。

「夏の優勝校と当たってしまったではないか！」

「くじ引いたのは君だろう！」

「人に責任をなすりつける気か!?」

「なすりつける訳ではなく君のせいだ！　まったく高校から入学してきた奴《やつ》らは、こすっからいからな！」

「エスカレーター組のやつらは、上から目線過ぎるぞ！」

「なにを、この外様《とざま》がぁ」

「温室育ちの野蛮人が！」

二人が喧嘩《けんか》している声が聞こえるが、なんか楽しそうだね。マリー隊長が全く動じていないのは、大物なのか日常なのか、それとも腹の底に何かあるのか全然分かんないな。

「つまらないことで争わないで頂戴。ケーキが不味《まず》くなるじゃない」

マリー隊長がたしなめているけど、つまらないこと扱いなんだ。じゃあ割と日常な気分？

「ケーキを美味《おい》しく食べるためにも、このままじゃ良くないかしらね」

あ、理由はともかく、良くないとは思っているんだ。どこの学校も大変だねぇ。

「BC自由学園は、何だかチグハグですね……」

五十鈴《いすず》ちゃんが呆《あき》れていると、西住《にしずみ》ちゃんが苦笑で返している。

「うん……」

「お嬢様学校らしいんですけど、中高一貫組と、高校からの受験組が反目しあってるみたいなんです」

秋山ちゃんの情報で、武部《たけべ》ちゃんがケータイで色々調べているけど、表情はいまいちだ。

「いつも初戦敗退してるから、あんまりデータがないなぁ」

「そこは任せてください！」

秋山ちゃんが自信ありげに胸を張った。ま、情報収集は任せておけばいいかな。


さて、最終結果として全ての対戦相手はこうなったか。

一回戦
知波単《ちはたん》学園　VS　コアラの森学園
BC自由学園　VS　大洗女子学園
青師団《あおしだん》高校　VS　サンダース大学付属高校
ヨーグルト学園　VS　継続《けいぞく》高校
黒森峰《くろもりみね》女学園　VS　マジノ女学院

プラウダ高校　ＶＳ　ヴァイキング水産高校
ワッフル高校　ＶＳ　聖グロリアーナ女学院
アンツィオ高校　ＶＳ　ボンプル高校

順当に勝ち上がれば、次は知波単とコアラの森の勝者、か。その次は恐らくサンダースが上がってくるだろうからそこに勝てば決勝だ。普通なら黒森峰、プラウダ、聖グロリアーナ、サンダースの四強はシードとは言わないが、左右に割り振られるはず。でも、夏の大会でうちが優勝しちゃったのと、無限軌道杯は久しぶりの開催だから、純粋にくじの結果になったみたい。

なので、ちょっと組み合わせに偏りが出ている。


「杏《あんず》、この後はどうするの？」

小山が袖を引っ張って耳打ちしてきた。

「ああ、ちょっと例の件で約束があるから」

「じゃあ、他の子たちを連れて先に戻っているね」

「よろしく頼む」

小山に後を託すと、会場から少し離れた喫茶店に向かう。

戦車道喫茶とは違う、知る人ぞ知るスコティッシュ・バロニアル様式っぽい感じのお店。

漆黒の安山岩で覆われた外観が豪華すぎず、むしろ重厚で野趣溢《あふ》れた品格のある雰囲気を漂わせている。

入り口には店名すら出ておらず「OPEN」と書かれた札が掛かっているだけなので、知らない人はちょっと足を踏み入れるのを躊躇《ちゅうちょ》するからか普段はとても静かだ。

ステンドグラスで装われた正面の扉を押して中に入ると、玄関ホールの奥の扉が迎え入れるように左右に翼を開いている。

モザイク状の床板をチェスの駒になったような気分で進み、赤い絨毯《じゅうたん》が敷かれた室内に入ると、執事然とした白手袋の老紳士に席へと案内された。

何も言わなくても、既にこちらが誰か分かっているのは、凄いなあ。

奥のサンルームにある別室へと案内されると、部屋全体に薔薇《ばら》が咲き誇っていた。

室内に飾られている多数の薔薇にも負けない大輪の薔薇、聖グロリアーナのダージリン、サンダース大付属のケイ、アンツィオ高校のアンチョビがテーブルについている。

あれ、足りないな。

「カチューシャとミカは？」

「カチューシャさんは、ノンナさんがロシア語の特訓と言って連れて行きましたわ」

「ミカは風が呼んでいるんだってさ」

「言うまでもないが、黒森峰のエリカには断られた」

こっちの質問に、ダージリン、ケイ、アンチョビそれぞれが答えてきた。

プラウダと継続もか。知波単と黒森峰は最初から断られていたから、まあ仕方がないかな。特に黒森峰は元々各校の上層部同士が意見交換をするのを好まないから。

ま、今日は悪だくみじゃなくて、普段集まれないメンバーが一堂に会するんだから、今後の進学に関して話そうってだけなんだけどね。

四つの席の残り一つ、アンチョビとケイの間に座る。

「ところで千代美《ちよみ》、元気してたか」

「アンチョビと呼べ！」

「はいはい、チョビチョビ」

「何だ、それは」

座ると同時に、背後に控えていた執事風の老紳士が静かにメニューを差し出してきた。

「本日はダージリンのオータムナルの良いのが入っておりますわよ、ミルクティーで頂くと絶品ですわ」

「じゃあ、それで」

紅茶の目利きに関してはダージリンに任せておくのが間違いない。お勧めがあるならそれを楽しむのがいいだろう。

ほどなく紅茶が運ばれてくる。ゆっくりと香りを楽しんだのち、口に運んで洋酒のような芳醇《ほうじゅん》な味を舌の上で転がす。雰囲気だけで洋酒の味ってのは分からないんだけど。

暫《しばら》く雑談や近況報告をしながら、情報交換を行う。

「ケイはどうするの？」

「ま、私たちは順当に上に行く予定よ」

サンダースは付属高校だから、やっぱりサンダース大に行くのが一般的だよね。

「チヨビは？」

「あ〜、まだ決めかねているんだ。地元の大学に行くか、スカウトが来た大学に行くか」

「スカウト来てるんだ」

「ほら、私の出身は愛知だろう？」

「あら、名古屋《なごや》県じゃなかったの？」

ダージリンがボケたが、それを言うならそっちも横浜《よこはま》県とか言われちゃうよ。

「そんな県は無い！」

「あー、はいはい」

「だから、地元からとアンツィオの先輩が行った大学からスカウトが来ているんだ。でもさ、もうちょっとみんなに美味しい物を食べさせてやりたくてな」

「そりゃ贅沢《ぜいたく》な悩みだね」

選択肢が多いってのは羨ましい。かーしまにちょっとでも分けてやりたいぐらいだ。

「黒森峰の西住まほはもうドイツに旅立ったそうだよ」

ケイの情報にダージリンが対抗する。

「私も卒業後はイギリスに行きますわ」

聖グロリアーナの生徒もトップになれば、イギリス留学の道があるのがいいよね。戦車道が長年続いていた学校では、こうやって先輩方との縁が沢山ある。確かBC自由もああ見えて先輩が大学選抜にいるし、確かアズミさんだっけ。

「そっかー、アンジーは？」

ケイがダージリンの留学を軽く流してこっちに話を振ってきた。もっと語りたそうだったダージリンが少々不満そうだ。

「普通に地元の大学だよ」

「何だ、だったらうちに来ない？」

「いやあ、長崎はちょっと遠いからね。それに友達と一緒の大学に行きたいし」

「なんなら、全員推薦枠に入れるのも大丈夫だと思うわよ」

おっと、それはちょっと魅力的。かーしまが行ける可能性が生まれてきた。最悪のパターンとして頭の隅に置いておこう。

「しかし、今回の組み合わせはそっち側は潰し合いがきつそうだね」

「そうですわね、でも勝つのは我々ですわよ」

「アンツィオは弱くない！　……でもボンプルに勝っても二回戦で聖グロリアーナと当たるんだよなあ。もし勝っても黒森峰かプラウダ。死のロードじゃないか」

「西住まほがいない黒森峰はそれほど怖くないいんじゃない？」

ケイが冗談めかしてチョビに突っ込むが、ダージリンがそれを受ける。

「そうかしら、でもどちらが来ても私が勝ちますわ」

「凄い自信だね」

「ええ、それが私が残せる最後の贈り物ですもの」

「そうだな、卒業する後輩に我々の戦車道を残す、それが大事だ」

自分たちが残せるのは、廃校にされないという結果だろうね。

戦車道を残すのは西住ちゃんに任せたよ。

×　×　×

学校に戻って、生徒会の引継ぎをしたり、かーしまの勉強の進捗を見たり、戦車の修理の様子を確認したり、再びかーしまの進捗を今度は小山が見たりしていると、秋山ちゃんがBC自由学園の服でボロボロになって戻って来た。

いつも思うんだけど、あの他校の制服ってどうやって入手しているのかな。

以前の廃校騒ぎの時は叩《たた》き売《う》られていたうちの制服をダージリンが買い込んでいたけど。

入手が結構難しい学校もあるのに秋山ちゃんは独自ルートで入手しているっぽい。

気になるけど、聞くと怖いことになりそうだから知らんぷりしておこう。

「潜入成功です！　こちらが映像になります！」

秋山ちゃんが、自慢げにノートパソコンの画面を西住ちゃんに見せている。

「優花里《ゆかり》さん、ありがとうございます！」

「いえ、西住殿のためならこのぐらい平気です！」

んじゃ、再生するかね～。

あんこうマークに続いて「ＡＫＩＹＡＭＡＦＩＬＭ・ＭＢＴ」のロゴが表示された。

随分凝ってるねえ。

おお、空撮スタートとはやるじゃん。それに、「秋山優花里の潜入！　ＢＣ自由学園大作戦」のテロップがかかる。いいねいいね、手書き風のテロップ表示が古き良き感じだね。

「何か、艦の前後でくっきりと分かれているね」

武部ちゃんが学園艦の全景を見て感想を述べる。うん、確かに艦の後部は全体に茶色っぽくて道路が雑然としている。

それに比べて前部は全体が手入れがされた庭園風で、緑の中に左右対称の白亜の街路が続いている。映像を見ながら、秋山ちゃんが解説を始めた。

「昔は左右で分けていたらしいんですけど、左右の重量バランスが違い過ぎて艦が傾くってことで、大改造を行って今の形になったそうですよ」

「へー、何で分かれてるの」

「昔は二つの違う学校だったのが統合されたんですけど、一つは中高一貫で、もう一つは高校だけだったので、教育課程が違い過ぎてしばらくは授業どころか校舎も別々だったたんです。その名残で、今でもエスカレーター組と外部組に分かれているそうです。ちなみに、艦首側がエスカレーター組で、艦尾側が外部組です」

「あ、それで学校のマークが赤と青がギザギザで分かれてるの？」

「ですね、昔のそれぞれの校章を合体させたそうです」

画面に映り込んだヘリコプターに武部ちゃんが喰《く》い付いた。

「あ、何あれ、丸っこくて可愛《かわい》い〜」

「あれは移動用のブレゲーG・11Eを元にエンジンを換装して胴体も延長したG・111ベースの輸送ヘリです。タクシーとして使われていて今回便乗させてもらいました」

ふーん、輸送ヘリがあるんだ。やっぱり結構裕福なのかな。うちも欲しいけど、維持費が高すぎてそんな余裕はないからねえ。

「うわー、素敵な学校！」

武部ちゃんがおしゃれな校舎に目をキラキラさせている。でも、今映ってる広場のモデルって、例の革命の発端になった場所で、立っている柱は革命記念柱じゃないのかな。

『え〜わたくしは今、BC自由学園にいます』

中央にあるのはパリ市庁舎様式っぽい建物で、BC出身の有名建築家・安藤紗祢《さね》の作品として有名だよね。隣にあるのは、「白い貴婦人」のあだ名で知られる大聖堂をスケールダウンさせた建築で、あそこが学園艦の中心なんじゃなかったかな。

白い扇を持った生徒が怪訝《けげん》そうに秋山ちゃんを見ていて、ちょっと目立ってるっぽい。

極秘潜入だって忘れてない？

カメラが横パンすると、反対側の建物が映った。そこは道路を挟んでさっきまで茶色一色だった艦の後部らしい。

「うわ、あの壁凄い落書きが一杯だよ」

「上に鉄条網がありますね」

「なんか、さっきまでは豪華でオシャレなのに比べて、こっちは一気に庶民的」

「屋台が沢山あって、アンツィオっぽいですね」

「いや、アンツィオの屋台はもっとおしゃれで、こんな下町っぽくなかったんじゃない？」

「代用肉不使用って、いつの時代ですか」

「ルタバガって何？」

「えーっと確か、スコットランドでカブとして食べられている植物で、第一次世界大戦時には他の食べ物が尽きた後に食べるものだったそうです」

「え、それって」

「とてもまずいらしいですよ」

「おでんとか、やきとりとか、全然フランスっぽくないんだけど」

「ほら、あそこなんておそばがあります」

「美味しそうですね」

各人が口々に感想を言い合っている中、映像は進んでいく。

『あちらで何か揉《も》めている様子です、行ってみましょう』

「なんかたくさん人がいるけど」

「プラカード掲げている子も多いね」

えーっとなになに、「フォークを捨てろ！　スプーンを曲げろ！」。超能力かな？「我々に定食を」「庶民の味を取り戻せ」「食卓に醤油《しょうゆ》を」「カレーうどんも捨てがたい」などなど。

『ノーモア、エスカルゴ定食！　ノーモア、フォアグラ定食！』

『フォアグラやエスカルゴで飯が食えるか！』

『学食に定食やうどんを！』

「フォアグラご飯いいですね」

五十鈴ちゃんは食べ物にばっかり喰い付いているけど、お腹《なか》が空《す》いてきたのかな。

『定食！　うどん！』

『カレー！　牛丼！』

「カレー大盛にうどんセットでもいいかもしれません」

「はいはい、ご飯は後でね」

完全に食事気分の五十鈴ちゃんを武部ちゃんがいなしている間に、カメラがパンすると、さっきまでの活発で野性的な生徒と比べると、全体にハイソな感じの生徒たちが映った。

『そんなもの置いたら品が下がりますわ』

『あの方たちナイフとフォークもロクに使えないんですってよ』

カメラがまた移動して、両方の生徒たちが一望できる建物からの映像になった。道の真ん中にくっきりと線が引かれている。左側が艦の前部、右側が艦の後部なんだろう。

『やはりBC自由学園の生徒の間には深い溝があるみたいです』

カメラがまた切り替わって、秋山ちゃんがどこかに移動しているみたいだ。

『え〜、これより先が戦車倉庫となります。早速行ってみましょう』

戦車倉庫に余裕で行けるとか、秋山ちゃん、ほんとどんな情報網持ってるんだろうねぇ。不思議不思議。うちの学校は、戦車倉庫に近付く人間が少ないから、スパイが入っていたらすぐわかるけど、やっぱり大きい所はバレにくいのかね。

「あ、抽選会場で喧嘩してた二人じゃない?」

カメラに映った目立つ二人に武部ちゃんが反応、秋山ちゃんが説明する。

「黒髪の方が外部生組の部隊長の安藤さんで、金髪の方がエスカレーター組の部隊長の押田さんですね」

『フラッグ車は我々だ！』

『そうだー！』

『いや違う、我々に任せろ！』

『そうだそうだ！』

外部生とエスカレーター組が争っている。その中央にある戦車は……。

「あれはルノーFTです。全周旋回砲塔を世界で初めて採用し、レイアウトもその後の戦車の基礎となる構造で、しかも大量生産が可能。当時としては画期的な機動力を持っていたんです。なので、世界中に輸出されたんですよ」

確か昔うちにもあったはずだけど、資料だと速度が遅すぎて使えなかったらしいね。

「あ、その頃は歩兵と一緒に動くことを考えていたので、その程度で十分だったんですよ。ですが各国で改良型が作られ、イタリアでは3倍以上の速度を出せるようになったとか」

元のフランスでも近代改修型が作られたそうだから、あれもそうなんだろうか。

うちの学校に入って来たのは、未改修型だったのかな。

で、そのルノーの上に座ってモンブランを食べているのが、マリー隊長だ。抽選会場で見た時はちょっと苦労人っぽかったけど、映像だと享楽家っぽい。

『フラッグ車なんて、じゃんけんで決めればいいじゃない』

『そんないい加減な方法で決められるか！』

『マリー様に楯突《たてつ》く気か!?　外部生の分際で生意気だぞ！』

『お前らこそエスカレーター組の温室育ちに何が分かる！』

『貴様らは我々の後ろからついてくればいいんだ！』

『お前が前を行くなら、後ろから撃ってやる！』

『何と言う物騒な奴らだ。試合は我々に任せればいいんだ！』

『受験戦争も勝ち抜いていない人間に戦いができるか！』

『何を!?　我々が相手のフラッグ車を仕留めてみせる！』

『仕留められるのはお前らの方だ！』

あーあ、外部生とエスカレーター組が激しく言い争っている。

挙句の果てに殴り合いの喧嘩を始めた。

秋山ちゃん、両チームの間で撮影して巻き込まれていたけど、大丈夫？

もう隠し撮りとかそんなレベルじゃなかったよね。

『返り討ちにしてやる！』

『チームは分裂しています。これはとても戦車道大会どころではありません。以上、秋山優花里がお送りしました』

「「「おお――」」」

乱戦の中でも撮影を続けた秋山ちゃんに、一同、思わず拍手を送った。

「優花里さん、喧嘩に巻き込まれていたけど、大丈夫だった？」

「あ――、全然痛くなかったです。普段から鍛えてますから」

「いや、鍛えているとかそんな状況じゃなかった」

「ケーキおいしそう」

「麻子《まこ》さん、見るべきところはそこじゃ……」

「でもこんな様子で、試合に出場できるのかなぁ？」

「味方同士で撃ち合いそうだ」

「もしかすると、一回戦は不戦勝かもしれませんね」

「そりゃ助かるなあ～」

一試合でも少ない状態で上に進めれば、それだけ負担も減る。でもかーしまが隊長としてちゃんと機能するかどうかは、あんまり強いチーム相手じゃない時に試しておきたい。

「相手のことはさておき、こっちの準備は進んでいるのか？　燃料に徹甲弾に不凍液の補充は？　転輪や可動部分へのグリース塗布と履帯の張度の確認、それに作戦と作戦名は？」

かーしま隊長が心配そうに指示を出しているけど、完全にテンパってる。

本番でそうならないように、少しでも多く経験を積ませておかないとね。

「あの、それはこちらで考えておきます、隊長」

「その間に少しでも受験勉強をしていてください、隊長」

「隊長……」

武部ちゃんたちが隊長と呼ぶのに困惑して複雑な表情を浮かべるかーしま。

まずは隊長呼びに慣れる所からかね。みんなにもそう呼ぶように言っておくか。

「準備はわたしたちに任せてください、隊長」

「隊長！」

ああ――、遂《つい》に白目を剝《む》いて口から魂が漏れちゃってるよ。小山、フォロー頼む。

「落ち着いて、桃《もも》ちゃん」

「……わたしたちも大丈夫か？」

さすがの冷泉《れいぜい》ちゃんも呆れてる。

うん、その気持ちはひじょーに良く分かる。でも、一番心配なのはかーしまなんだよ。

「さ、みんな、既に準備は自動車部を中心に終わっているはずだ。自分の戦車は自分で最終確認するのが戦車道の鉄則、確認に行こう」

「「「「はい！」」」」

指示を出すと、あんこうチームが全員生徒会室から出て行った。

「会長、桃ちゃんどうします？」

「前、ね」

「はいはい、杏」

「暫くここで寝かせておくから、小山はかーしまの面倒見てもらえるか？」

「杏はどうするの？」

「ん～誰かが戦車の点検しておかないとダメでしょ。仕方ないからやっとくよ」

×　×　×

さて、戦車の点検か、やることが結構多いんだよね～。

注油一覧確認……エンジン、変速機、シャフトよし。足回りの可動部、異常なし。

装備品の緩み、なし。これが緩んでいると走行中や砲撃で吹き飛んで、トラブルの元になるからちゃんと固定されているか確認しないと。

履帯……特に履帯のピンは注意しておかないとね……張り具合も転輪も異常なし、と。

燃料、冷却水、バッテリーよし。

砲弾は定数、徹甲弾を35発、榴弾《りゅうだん》と成形炸薬弾《さくやくだん》が各3発と。

あーでも、西住ちゃんの戦い方だと榴弾少し多めにしておいた方がいいかな。空いているスペースに榴弾の弾薬箱一つ追加しておこう……って、知ってたけど重いねこれ。アリクイさんチームほどは無理でも、もうちょっと筋肉付けた方がいいかなあ。いつもならかーしまが進んでやってくれるんだけど。

無線機、今回はかーしまが隊長だから、戦況確認のために各チームの車内通話も含めて全てが入るようになっているんだよね。通常は指揮車輌《しゃりょう》であるⅣ号に各チームがぶら下がっていて、武部ちゃんが必要な通信だけをフィルタリングして送るようにしているんだけど、ちょ――――っと忙しくなるかな。

専属通信手がいるのはⅣ号だけで、普通は兼任だもんね。かーしまが隊長となると、本来のヘッツァーの通信手は装填手《そうてんしゅ》が兼任だけど……うぇっ、私がやるのか。

かーしまのためだし、ここは仕方がない。

あとは点検簿……うん、これも問題なし。全部確認済み、と。

「あれ、会長自ら点検なんて珍しいじゃない」

ん、この声は……そど子か。

「前、ね」

「はいはい前会長様」

「かーしまがあの調子だから、たまには働かないと。あ、みんなには内緒ね」

「分かってるわよ。いつも陰でこそこそこそこそしてるだけだもんね」

「こそこそって人聞きが悪い」

「いやそうでしょ。はたからなら、サボってるか陰謀めぐらしてるかって見えてるわよ」

「えー」

なんかひどい言われようで……あ——まあ、心当たりはある。

「しかしそど子にも三年間、色々迷惑かけたよねー」

「何言ってんのよ、私は好きで風紀委員やってたんだから」

「そうか、私も好きで会長やってたから一緒か」

「一緒にしないで、と言いたいところだけど、こっちが好き勝手やった後始末もしてくれたから、文句は言わないわ」

学園艦を自主運営するためには、風紀委員は欠かせない。校則違反や遅刻の取り締まりもあるけど、ひそかに大事な仕事は清掃と各種奉仕活動だ。学園艦を色々な意味で清潔に保つのは風紀委員の仕事で、これがなかったらあっという間に環境が悪化してしまう。

「チェック終わったら、連盟の車検艦に運ぶのよね？」

「ああ、もう艦内ドックに入っていると連絡が来たよ」

本来、大会に出る戦車は全て連盟の車検を受けたのち、車輛保管所《パルクフエルメ》に置かれて、試合開始前に会場で受け取ることになっている。ただ、船舶科の子たちは少しでも走行距離を稼いで戦車に慣れたいとの要請があったので、例外処置を申請しておいた。高校戦車道だと、通常は損傷した戦車の修理に時間が必要な時なんかに使う手段だけど、たまにこんな風にギリギリまで訓練したい場合にも使われる。

「これ、申請書類の結果。受け取っておいたから」

「助かる、そど子」

書類が入っている封筒を開けると、中には例外処置許可証が入っていた。

「良かった」

この許可証があれば、車検艦の検査を通過した段階で重要部分の封印処置を受けて、会場でもう一度確認を行った際に封印に異常が無ければ参加が許可される。

もちろん、車検に合格する必要があるんだけど。自動車部の魔改造は毎回レギュレーションぎりぎりになるので、通るかどうかひやひやさせられるんだ。

自動車部曰《いわ》く「レギュレーションに禁止と書いてないことはやっていいのが、英米のモタスポの基本ルールだから」って。わが国や欧州の大陸側国家はポジティブリスト方式で、「やっていいこと」を記載してそれ以外は禁止となっている。それに対して英米はネガティブリスト方式で「やってはいけないこと」が書かれている。ネガティブリストの方が自由度が高く、疑わしいものや分からないものはリストに書かれていないから極限まで試して、そこで禁止になったら次から使わないということが繰り返される。

戦車道のレギュレーションは「～までは認められる。それ以外は認められない」という書き方なので、認められるのはどこまでなのかをプロリーグなんかでは極限まで探りまくって、詳しいことは知らないけど、時々一触即発な事態にもなるらしいね。

高校戦車道でも、エンジンのボアアップやポート研磨、吸排気系をいじる、より大出力のエンジンに積み替える程度の基本チューンは、レギュレーションの範囲内ならどこのチームでもやってるって聞いたから、うちも全部自動車部にお任せした。

結果として快適に戦車が動かせれば、それで十分。

まあ、時々車検場で揉めちゃって、徹夜で改修してるけどさ。

話が脱線したけど、ともかくかーしまが復活したら新チームには口が酸っぱくなるほど封印には触るなと伝えさせよう。というより、かーしまのために許可があるまでは絶対に触るなと言えばそれで十分かもしれないけど。

会場最寄りの海岸までの輸送は他の船舶科メンバーも一緒になって重量物輸送訓練としてやりたいと言ってきたので許可してある。

かーしまがだけど。

そこからは、会場まで自走してくる予定だ。途中で壊れなければいいんだけど。まあ、船舶科も機械いじりは得意だから、多少の不具合ぐらいだったら何とかするかな。

一方、我々は鉄道移動で、会場近くから運営が用意している送迎車に乗り換えることになっている。

送迎車は変わったのが多くて秋山ちゃんや自動車部が毎回大騒ぎをしているけど、今度はどんなのが来るんだろうねぇ。

第三章

Chapter 3

ガールズ&パンツァー 最終章 上

GIRLS und PANZER das FINALE

送迎車は割と普通の車だった。

秋山《あきやま》ちゃんは「スキ車ですよ、スキ車！」と大喜びしていたけど、色々な所でダックツアーとかそんな名前で普通に乗れる座席を置いただけの観光用の水陸両用トラックとどこが違うんだろう。

自動車部もあんまり興味を示していなかったし。

まぁ秋山ちゃんがあれだけ喜ぶってことは、ちょっと珍しいのかもしれない。


送迎車を降りるとそこはもう試合会場だ。海が近い緩やかな起伏が続く平地に、モザイク状に牧草地や畑、森林が続いていて、いつぞやテレビで見た富良野《ふらの》とか美瑛《びえい》とかに似ている気がする。

あっちは海が近くはないけどね。海の近くと考えると、涸沼《ひぬま》の南の方とかっぽい？

ともかく、既に会場には「第41回無限軌道杯」の看板が掲げられ、仮設スタンドには結構な人数のお客さんが入っている。長時間の試合も予想されるから、メリーゴーラウンドなんかの移動式遊具も設営されていて、色々な屋台が出ているので、時間があればちょっと眺めてみたい気もする。

アンツィオなんかはちゃっかり屋台を出して学校の宣伝と資金稼ぎをしているから、うちも出せばよかったかなあ。生徒からの応募がなかったから、割り当てられた枠は全部学園艦のお店に融通しちゃったんだけど。この辺りも長期的な対策を考えた方がいいかも。

仮設スタンドの前には三基の大型モニタが設置されていて、会場各所に設置されたカメラや空撮、車載カメラに加えて、今回からはドローンの映像がリアルタイムで映し出される。何でも通信技術の進歩で、リアルタイムでのテレメトリー表示とGPS信号を元にした位置情報と戦況分析も流せるようになったらしい。

なので、悪用しようと思えばここでの情報を戦闘中のチームに流してどこに敵がいるかを伝えられるけど、さすがにそこは無線封止など十分な対策が講じられている。今回から各車の無線も運営側が全て傍受してチェックしているらしいから、不審な外部からの通信を受けるようなことがあれば最悪は失格や参加資格剝奪《はくだつ》もあり得るそうだ。残念ながら携帯電話の使用に関してもしっかりルールに明記されてしまった。

花火か祝砲かよく分からないのが打ち上げられ、スモークを引いたオレンジ色の機体が綺麗《きれい》な編隊を組んで通過していく。更に上空には大型機が三機いるのが見える。

「おおー、あれは研三《けんさん》ですね」

「高倉《たかくら》？」

秋山ちゃんが眩《まぶ》しそうに空を見上げて、武部《たけべ》ちゃんが何か突っ込んでいる。

「いえ、そっちじゃなく帝大航空研究所が設計した高速研究機ですよ。レプリカが勢ぞろいしているなんて珍しいです」

「じゃあ、あっちの大きいのは？」

「あれは公式審判機の銀河で、こっちも航続距離記録用の研究機から発展したんです。隣の茶色いのは屠龍《とりゅう》ですね」

「とりゅー？」

「ドラゴンスレイヤーですよ」

「ふーん、よく分かんないけど、何となく分かった」

もう一度観客席に目をやると、試合が近くなってきたからか、さっきより人が増えている。

「おばあがいる」

「母と新三郎《しんざぶろう》もおりますね」

「あっ、うちのお父さんとお母さんもいます！」

「みんなよく見えるねぇ、全然見えないよ」

「……」

あんこうチームが盛り上がっているのを聞いて西住《にしずみ》ちゃんがちょっと暗い顔をしたので、

「あっ、みぽりんごめん！」

慌てて武部ちゃんがフォローに入っている。

「あの違うんです、他校の偵察も多いなと思って」

「ああ、確かに。大洗《おおあらい》女子や学園艦の人たちだけじゃなく、大学選抜の方までいますね」

見たことのない制服もいるねぇ。あの青とオレンジにベレー帽のは……。

「中立高校ね」

「なるほど、さすが小山《こやま》」

「いえいえ」

中立高校って確か長野の学校で、戦車道連盟に参加していなかったはずだけど、何で偵察に来ているんだろうか。加盟するって噂《うわさ》もあるけど、やっぱり世界大会に向けてあちこちの学校が参加を検討しているのかなあ。昔は夏の大会に全都道府県から参加してたらしいけど、そうなったら試合数が増えて大変だねえ。

周辺の丘の上には他の各校も見える。サンダースに聖《セント》グロリアーナ、プラウダかな。黒森峰《くろもりみね》と知波単《ちはたん》は一般人と一緒に仮設スタンドの最上段にいる。で、恐らく森の陰にちらっと見える白い帽子は継続《けいぞく》かな。アンツィオは見あたらないな。

さて、周囲の確認は終わった。試合まであと一時間なので、各車輛《しゃりょう》の最終確認と追加の弾薬や燃料の搭載、物資の確認とブリーフィングなんかを済まさないとね。連盟から配られた地形図を見て、しっかりと作戦を決めないと。

あと、トイレも。

×　　×　　×

地形図に関しては、あんこうチームがしっかりと見て検討しているけど、隊長のかーしまもちゃんと頭に入れたかな？

アリクイさんチームの砲弾は、他と違って備蓄が少ないので、さっき連盟から届いたのを搭載している。でも、余裕そうだから手伝いはいらないかな。他のチームも足回りや可動部の最終確認をしている。どこもいつも通りで緊張している様子は感じられないな。

横にいる二人、小山とかーしまを除いて。

「ほら、桃《もも》ちゃん、もっとリラックスしないと。ちゃんとトイレ行った？」

「大丈夫だ、小山。もう三回も行った」

「朝ご飯はちゃんと食べた？　食べ過ぎて試合中眠くなったりしない？」

「だから大丈夫だ、むしろ緊張して喉を通らなかったほどだ」

「ダメだよ、ちゃんと食べないと。ほら、おにぎり用意してあるから」

「いらないって」

「ちゃんと食べておくのも隊長の仕事じゃない？」

「ぐぬっ……」

やれやれ、かーしまもこれで少しは落ち着くかと思ったら、西住ちゃんが気付いた。

「相手チーム、まだ来てないみたい……」

あ、やっぱり？

相手の待機位置を見てもいないので、戦車の搬入に手間取っているのかなとも思ってたんだけど、ひょっとしてそれ以前の状態？

「寝坊かぁ？」

あ、冷泉《れいぜい》ちゃんの姿が見えないと思ったら、操縦席で寝てたんだ。剛胆だねえ。

「相手が来なかったら不戦勝になるんですよね」

「多分」

「ラッキーじゃん」

「はぁ……」

円陣を組んでいたアヒルさんチームが、周りを見てからあんこうチームに向き直る。

「うちの9輛《りよう》目もまだなんですけど〜」

「結局、練習にも間に合わなかったし〜」

「どんな戦車なんですか？」

「どんな人たちが乗るんですか？」

うん、その気持ちはもっともだ。結局時間が無くて一緒に練習はできなかったし、顔合わせも新旧生徒会メンバー以外はできてない。戦車で作っていた燻製《くんせい》の味はみんな知っているけど。

「ここまで電車じゃなくて船で来るって言ってましたよね」

「うん」

「港に着いたって連絡はあったんだけど」

おお、さすが武部ちゃん、ちゃんと連絡を取れるようにしてあったんだ。

ん、何か音がするね。

「あっ、サメさんチーム来ました！」

西住ちゃんの視線を追うと、丘の向こう側から棒状の何かが現れてきた。風に吹かれて広がったのは、羽根つきゴブハットを被《かぶ》った髑髏《どくろ》の下に孫の手とカッターがクロスした、映画とかでよく見る海賊マークをアレンジしたような黒地に白の旗だ。

ようやく来たね。

「あれがサメチーム……スクァルス、いやシャークか！」

「海賊旗だと？　U96のようだ」

「兵《つわもの》か」

「勇壮ぜよ！」

旗竿《はたざお》でカバさんチームが盛り上がっている。そうだね、君たちも最初はやったよね。

続いて戦車の全体が見えた。一般的な戦車の下半分しか無いような特異な形状と、ちょっとウネウネというかカクカクした動きにウサギさんチームからため息がこぼれた。

「だんご虫？」

「あー似てるかも」

「焼き芋にも似てるー」

「あれはMｋ・Ⅳ《フォー》っていう戦車だよ」

「形からひし形戦車とも言われていて、歴史上初めての戦車対戦車の戦いを行ったのでも有名なんですよ。ヴィレ＝ブルトヌーでＡ７Ｖと遭遇して、戦術的には敗北しましたが相手を撤退させて戦略的勝利を収めたんです」

「へぇ～」

武部ちゃんと秋山ちゃんの説明をポカーンと聞いているウサギさんたち。まぁ、秋山ちゃんの早口にはちょっとついていくのが大変だよね。

お、止まった。よし、かーしま行くよ。

「あ、はい」

「ほら、ご飯粒ついてる」

「すみません」

カメさん号から降りると、かーしまの背中を押して先頭に立たせる。

その間にＭｋ・Ⅳのハッチが開いて、サメさんチームのメンバーが降りてきた。

「新しく参加してくれるサメさんチームです」

「待たせたね」

「何かやばい～」

「海賊みたいだね」

「ゾクだ、ゾクー」

ウサギさんチームがワイワイ言うと、一瞬でラムちゃん、ムラカミちゃん、フリントちゃんの三人が距離を詰めて、威嚇する。

「ガキが何言ってんのよー」

「サメのエサにするよ！」

「「うわー！」」

「「「きゃー」」」

おーお、子ウサギさんたちが驚いてる驚いてる。でもサメさんたち、全然本気で怒ってるわけじゃないね。ほとんどノリがお化け屋敷だ。それを見てお銀《ぎん》ちゃんが笑っている。

「心配しなくていいわよ。口は悪いけど仲間は大切にする連中だから」

かーしまが西住ちゃんの隣に歩み出て声を掛けた。

「これで全員、揃《そろ》ったな」

「はい。隊長から何かありますか？」

「ひえっ！」

困惑してるけど、隊長として出てきたんだから訓示の一つも求められるのは当然でしょ。

泣きそうな顔でこっちを見ても、小山も私もフォローはしないからね。

その気配を理解したのか覚悟を決めたのか、かーしまが全員へと向き直って口を開いた。

「え〜、このたびは私のため、新たに船舶科のみんなも参加してくれ、本当に大変感謝している。全員、一丸となってがんばろう！」

緊張して声が上ずっているけど、何とか言い切った。

「おー！」

「がんばります、桃さん隊長！　戦車道は初めてですけど」

「うほ――っ！」

お銀ちゃんたちサメさんチームも気合が入っている。

とはいえ、相手がいないとこの気合も空回りになっちゃうな。

「それにしても相手チーム、まだ来てないみたいだね〜」

「参加しないのかな？」

小山も気になるのか相手チームの待機場所を見つめているが、いまだにそこは空白だ。

「規定時間オーバーになっちゃいますよ。これじゃあやっぱり不戦勝ですかね」

「試合開始時間まであと5分……」

西住ちゃんと秋山ちゃんが顔を見合わせている。

「お、来た！」

突然、ポータブルテレビで特別番組を見ていた武部ちゃんが驚きの声を上げた。

あの映像、ここはぎりぎり受信できるけど、試合会場では残念ながら見られない。

そんなことができたら試合にならないから仕方ない。

覗《のぞ》き込むと、上空の審判機からの映像が流れていて、フランスっぽい丸っこい戦車が、遥《はる》かに大きなカクカクした戦車の隊列にぶつかっているのが見える。

横から覗いてきたかーしまも、不安そうな表情を浮かべた。

「先頭車輌同士がぶつかってるけど、大丈夫か、これ」

「やっぱり仲悪いんですね……」

「あっ、撃ちましたよ」

「本当に大丈夫か？」

ぶつけあうどころか、砲撃までしてる。砲弾は明後日《あさって》の方向へ飛んで行ったけど。

「ちょっと事前情報と戦車違わない？」

「これ、ＡＲＬ44ですね」

「なにそれ」

「フランスの重戦車ですよ。カモさんのＢ１を近代化して90ミリ砲を搭載したような戦車です」

「強いの？」

「パンターの主砲よりは威力があるって触れ込みですね。ただ、足回りは旧式で機動力には難ありと言われています」

秋山ちゃんが説明してくれるけど、相手も新型車輌入れて来たんだ、ちょっとこれは作戦を考え直さないといけないかもね。


試合前の挨拶だけど、今回はかーしま隊長と西住ちゃんに行ってもらおう。

観客席と大型モニタの間に、審判長の蝶野《ちょうの》さんが立っている。その後ろには審判員たちが並んで、うちのメンバーが整列した後に、遅れてやっとＢＣ側の隊長たちがやってきた。

上品なクルクル髪のマリー隊長と、黒髪の外部生組の安藤《あんどう》部隊長と、金髪のエスカレーター組の押田《おしだ》部隊長が並んでいる。だけど、部隊長の二人は試合前からなんか煤《すす》けてない？

「それではこれより大洗女子学園対ＢＣ自由学園の試合を行います！　礼！」

「よろしくお願いします」

「よろしくお願いします……」

マリー隊長は頭下げないね。気が付いた安藤ちゃんが、押田ちゃんを肘でつついてる。

「おい、隊長に頭を下げさせろ！」

「お前が自分で言ったらどうだ！」

「どうしてわたしが頭を下げなきゃいけないの？」

「同じエスカレーター組だろうが！」

「汚れ仕事はお前らの役割だ！」

「何だと、いつも偉ぶりやがって」

「少しは立場を弁《わきま》えたらどうだ」

あーあ、掴《つか》みかかりそうになってる。

あれは本当に仲が悪いっぽいんだけど、ただなあ……わざわざ仲悪いチームを出すかな。

マリー隊長と同じエスカレーター組だけでチーム組むとかできなかったのかな。

さて、試合開始だ。お互いのスタート位置に移動して号令を待つ間に、かーしまが一応

隊長らしく西住ちゃんに行動方針を確認している。

「隊形はどうする？」

「ここは定番のパンツァーカイルで行きましょう。まずカメさんチームを先頭に、その右後方にわたしたちがつきます。左後方はカバさんチーム」

「あい分かった！」

「右は、アヒルさん、アリクイさん、カモさん、左はウサギさん、レオポンさんの順です。レオポンさんは山の稜線《りょうせん》上側を警戒してください」

「コピー！」

「えーっと、サメさんチームは」

「我々は桃さんの命令以外聞かん！」

西住ちゃんが指示を出そうとしたら、速攻でサメさんチームが喰《く》って掛かる。知ってた。

「あー、じゃあ河嶋《かわしま》先輩、お願いします」

「え、あ、えーっと、おい、西住なんて言えばいいんだ？」

「最後尾を警戒してください」

「あー、お前ら、殿《しんがり》は任せたぞ」

困惑しつつかーしまが指示を出すと、お銀ちゃんがいい笑みを浮かべた。今後の扱いが大変だね。

まあ一緒に戦闘をするうちにだんだん慣れていくとは思うけど、いざという時にワンテンポ遅れるとそれが戦況を左右しかねないから、ちょっと心配だ。

「お任せあれ！」

「責任重大だ！」

他のチームには西住ちゃんが引き続き指示を出していく。

「他の車輌も側面に注意してください」

「我々は前しか見えないぞ」

「だからこの位置なのだろう？」

「なるほど」

うちらと同じ砲塔が無いカバさんチームがごにょごにょ言ってるのが聞こえてきた。

隊列に並んだんだろう。

「今回は私たちがフラッグ車か、責任重大だね」

「ま、かーしまに花を持たそうとする西住ちゃんの心遣いだね～」

操縦席の小山がかーしまを心配するように振り返るが、その本人は全く気が付かず、ガチガチに硬くなって装填手《そうてんしゅ》席に座っているので、双眼鏡を渡す。

「ほら、かーしまー、隊長らしいところを見せるんだよ」

「はい！」

双眼鏡を手に慌ててハッチから身を乗り出すと、周囲を観察し始めた。

うんうん、せめてああやって隊長らしく他のメンバーに姿を見せていないと。

「相手のBC自由学園は機動力の高いチームです。フラッグ戦ですので、こちらのフラッグ車を守りつつ、守備的になりすぎずに相手フラッグ車を確実に狙ってください」

「偵察した感じだと、相手はバラバラで連携は苦手かもしれません」

西住ちゃんの指示に秋山ちゃんが補足する。

「とすると、フラッグ車の守備が手薄だな。一気に行くか！」

「あの、ここはしっかり偵察をした方が」

「慎重だな。まぁいい。では、アヒルチームとレオポンチームを偵察に出すか」

「はい、それがいいと思います」

西住ちゃんがかーしまの意見に同意して、指示を出す。

『アヒルさん、レオポンさん、指定の位置に偵察に出てください』

『了解しましたー』

『こちらも了解、レコノサンスラップに向かいまーす』

『レコノさんって誰？』

武部ちゃんがはてなマークが浮かんだような声を出すと、秋山ちゃんがすぐに応じた。

『人名じゃなくて、レースでピットから出て、スタート位置に付くために一周するのをそういうんです。レコノサンスが偵察って意味で、ラップは一周って意味ですね。なので、ちょっと偵察に一回りしてくるって意味で言ったんでしょう』

なるほど、そんな意味なんだ。勉強になったよ。

さて、偵察の情報が入って来るまでは暇だね。おやつでも食べようか。

×　×　×

『こちらアヒル、予定のポイントに到着』

『こちらレオポン、同じく予定グリッドに到着』

偵察に出ていたチームからの無線が飛び込んできた。

『こちらアヒル、南に向かってソミュア4輌激走中』

『えーこちらレオポン、ARL44、4輌、アグレッシブな走りで南に向かっているよ』

西住ちゃんが受けた情報を、武部ちゃんがお絵描きボードに描き込んでいる。

「ということは、残りは恐らくこの辺りに2輌」

「相手はどういうつもりなんだ？」

「受験組とエスカレーター組が争って、それぞれこちらのフラッグ車を狙ってるんじゃないでしょうか？」

かーしまの質問に、地図を見ている秋山ちゃんが考えを述べたけど、その通りならチームプレイなんてありえなそうだ。

「自由だね〜」

今回持ち込んだおやつは懐かしのホワイトナットウと、ル・マン24干し芋味にロータス紅はるか味、茨城《いばらき》ミックスと定番の干し芋だ。駄菓子屋で見つけたから思わず買い込んじやったよ。

機銃の弾薬箱の一つをクーラーボックスにして、中にぎっしりと詰め込んである。

そんなこっちの様子を見て小山に笑われた。

まあ、ホワイトナットウ一つ喰いねえ喰いねえ。

その間も、かーしまが地図をじっくりと見て西住ちゃんと相談している。

「それでは、向こうのフラッグ車は無防備だな」

「はい。全部で10輌ですから残りは護衛の1輌です」

「フラッグ車がいると思われる場所は丘か」

「その後ろに川があります」

「橋があるな。よし、浅瀬を渡って、裏に回り込んで橋から奇襲しよう」

お絵描きボードの地図を見て、西住ちゃんがかーしまの作戦を了承した。

「いい作戦だと思います。アヒルさん、レオポンさんはソミュアとARLを追尾してください」

『磯辺《いそべ》わかりました！　エンドライン際からマークします』

「変化があったら連絡お願いします」

『オーケー、ポジションキープするよ』

「えー、では主力は一列縦隊にて10時の方向の林を抜ける。周囲の警戒を怠らないように」

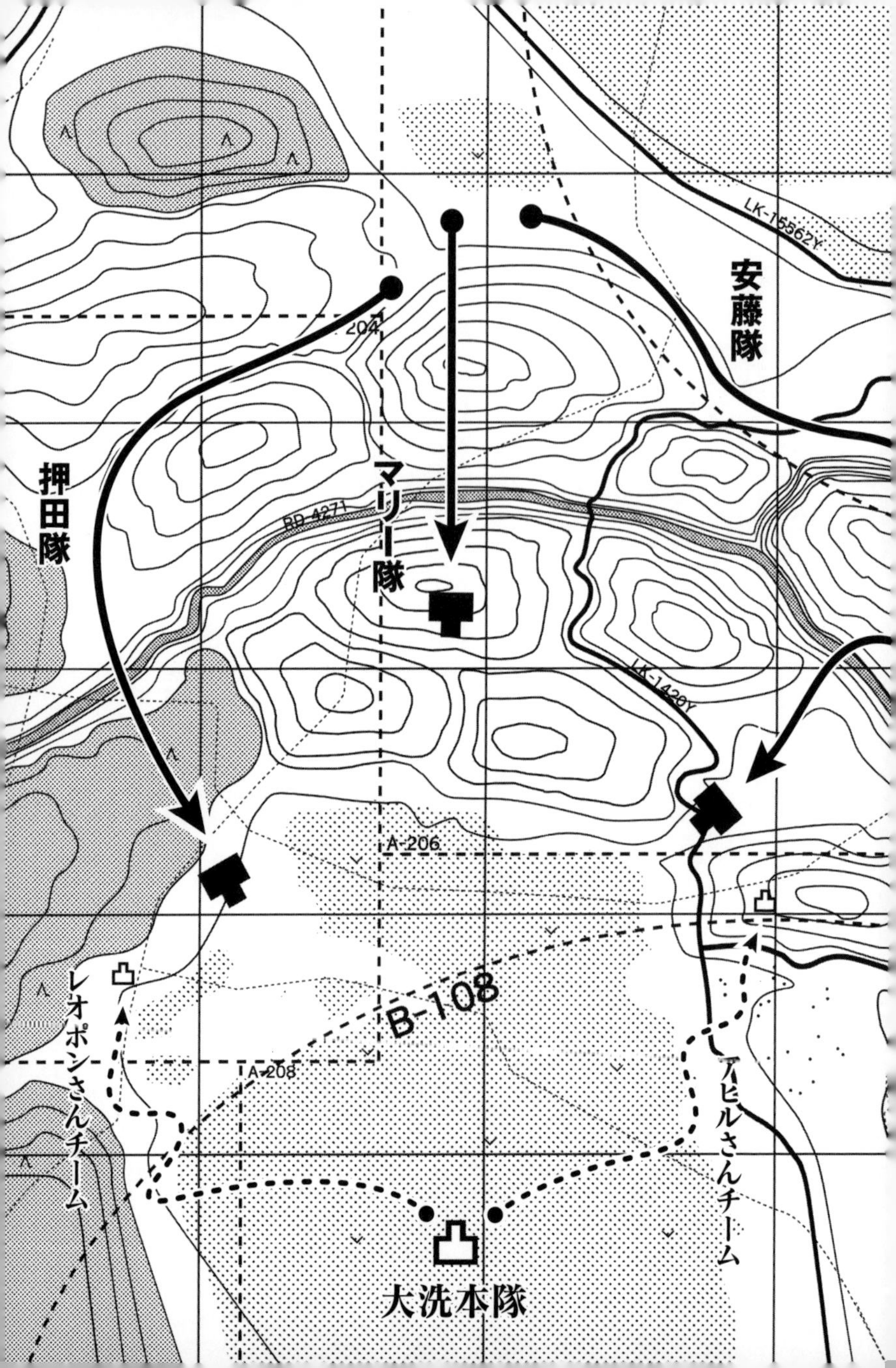
LK-15562Y
安藤隊
204
押田隊
マリー隊
RD-4271
LK-1420Y
A-206
B-108
A-208
レオポンさんチーム
アヒルさんチーム
大洗本隊

かーしまが偵察からの方向を受けて、西住ちゃんの指示に追加して命令を下す。

「隊長らしくなってきたじゃん」

「立場が人を作るのね、今まで裏方ばっかりだったから」

小山にこっそりと伝えると、小さく頷《うなず》いた。

「……ということで……えっとなんだっけ」

おっと、速攻ヘタレた。

「号令お願いします」

「えっ、いや、それは西住が」

「今は河嶋先輩が隊長なので」

「うう……」

西住ちゃんがすかさずフォローしたけど、とりあえず応援しておこうか。

「かーしまー、がんばれ――」

「わ、わかった」

まだ緊張しているみたいだけど、きりっとしたね。

「パンツァー・フォー!」

おお、声が裏返ってる裏返ってる。でも頑張った、偉いぞ。

号令に従って全車が前進しながら、パンツァーカイルから縦一列へと隊列を変更する。

先頭はうちの車だ。ちょっと心配だから、車長席に移動してハッチから身を乗り出す。

後ろを見ると、直後にあんこうチームが続いて、カバさん、アリクイさん、その後にサメさんが続くがまだ隊列に慣れていないのか、もたもたしている。

でも、ウサギさんとカモさんがフォローしているのが見えた。

西住ちゃんがサメさんチームに合わせて隊列を維持するように手信号を出しているので、小山にほんのちょっとだけいつもより速度を落とすように伝える。そのまま左へと旋回、あんこうが車体半分左にずらして前方の視界を確保している。とはいえ、多分冷泉ちゃんの視界に入るのはうちのお尻だけだと思うけど。

登り坂を越えると、前方に林が見えてきた。結構木々が密集しているが、いい感じの通路があるのが見える。振り返って西住ちゃんを見ると、一つ頷いて通路を指差した。

小山にそのまま進むように伝えると、後方では砲塔を左右に向けて全周警戒している。その上、すぐ後ろにいる西住ちゃんがしっかり見張っているので、こっちは前だけ気を付けていれば大丈夫。

さっきの丘にいれば、双方正面からぶつかり合うことになって、最初に攻撃を受けるのは先頭にいるうちのチームだったけど、さて上手《うま》く後ろに回れるかな。

ここまでは問題なさそうなので見張りをかーしまに任せて、車内に戻る。二台ある無線の受信機のうち、一台の設定が武部ちゃんから連絡がきた全体通信チャンネルに合っているか確認する。

うちは戦車の国籍がバラバラだから、通信機もバラバラだったけど、過去にある程度中身は統一されていたみたい。なので、通信が入らないなんてこともない。

他の学校はともかく、うちでは西住ちゃんの方針で情報共有を優先しているので、聞こうと思えば全員の通信が聞ける。というか、個別に話したい時用と全体用の周波数が分けてあっても、通常は全体用しか使っていない。

西住ちゃんが、中隊規模だから何とかなるって言ってたな。

さすがに、大学選抜戦の時は人数が多くなりすぎて、小隊単位で分けたよ。

昔は傍受されないように周波数をこまめに変える必要があったそうだけど、高校戦車道では敵味方で使える周波数はある程度固定されているから、楽でいいよね。

まあ、それもあって前にサンダースに傍受されちゃったんだ。

サンダースが使っているアメリカの無線機はプリセットされた周波数をボタン一つで切り替えられるから、チューニングする必要が無くて専用の通信手がいらないらしい。

ある程度周波数が固定されている今は、あんこうチームの通信手である武部ちゃんって、通信手よりも実質的な情報参謀みたいな立ち位置だよね。

あんこうチームって個々の戦闘力も高い上に、同時に司令塔である西住ちゃんに加えて、情報参謀の武部ちゃんと副官に相当する秋山ちゃんが補佐する指揮システムを作り上げているのも強い理由の一つかも。そして我々がそのシステムに乗っかって、ちゃんと動いているから勝てる。

今回の最大の懸念事項は、やっぱり表向きの隊長であるかーしまってことになるか。

実質的な隊長である西住ちゃんからかーしまに伝達することでワンテンポ遅れるので、そのラグをどれだけ減らすか注意しないと。

「おい、西住、川だぞ」

かーしまが前方に川を見つけたので、小山に速度を落とすように伝える。

「大丈夫、地図上水深は問題なく渡れるほど浅いです」

「先行偵察を出さなくて大丈夫か？」

「そんな暇はありません。ここは一気にいっちゃいましょう」

西住ちゃんから進むように指示が出たので、速度を戻して渡河するように伝えた。

もう一度車長席に移動して、今度はハッチ前側だけ開けて双眼式砲隊鏡で観測する。

『ここはルビコンか？』

『セダンのミューズ川渡河だろう』

『上田城合戦《うえだじょうがっせん》の神川《かんがわ》ではないか？』

『庄内藩《しょうないはん》の雄物川《おものがわ》渡河ぜよ』

『『それだ！』』

カバさんチームが楽しそうだけど、何がそれなんだろうなあ。良く分からない。

「小山～排気管を水面上に出すように気を付けて～」

「了解です」

川に差し掛かったので小山に指示を出す。ヘッツァーは車高が低いから、気を付けないと背後のマフラーが水の中に入っちゃう。なので、割と渡河の時は気を遣うんだ。

『うほっ、あっ、なんだ？』

『座礁か？』

と思ったら、サメさんチームから慌てた声が入って来た。

後部ハッチを開けてみると、サメさんが右側の履帯を深みに落としたみたいだ。

「あー、後続で詰まってるね～」

「パワーが足りないので仕方ないですね」

報告すると小山がやれやれという顔をして、かーしまが西住ちゃんに合図しようとする。

「どうする？　牽引《けんいん》するか？」

「ん、まあ見てれば分かるよ」

無線を聞いていると、サメさんの後ろで何か閃《ひらめ》いたウサギさんが、勢いよく加速すると、サメさんにぶつけて深みから押し出した。

『くらぁ、なにしやがる!!』

と思ったら、ムラカミちゃんの激昂《げきこう》した声が聞こえてきた。ウサギさんチームとちょっと揉《も》め始めたけど、そこはさすがにリーダーであるお銀ちゃんがたしなめている。

『ムラカミ、擱座《かくざ》したあたいらを助けてくれたんだよ、な』

『すまなーい、早とちり、ありがとー』

『『『『ふ～』』』』

よっぽどびっくりしたのか、ウサギさんたち全員（一人除く）のため息が一つになって聞こえてきた。

そんなひと悶着《もんちゃく》もあったけど、何とか全車無事に川を渡るのに成功した。

後は川沿いに進んで、フラッグ車を奇襲するだけだ。


『こちらアヒル、ソミュア、市街地に入りました』

敵に動きがあったようだ。

『停止！　撃って来た！』

おっと、さすがに気付かれたみたい。

『後退、遮蔽物の後ろに！』

『微速前進』

『こちらアヒルチーム、敵に見つかりました！　応戦します！』

次々と報告が入って来る。

『こちらレオポン、曲がり角にて敵停止！』

おっとあっちでも動きがあった。

『こちらレオポン、見つかりました！　主力の背後に行かないように時間を稼ぎます』

レオポンさんも撃たれているみたいだ。

さて、こっちが後を付けているのに気が付いて、向こうはどうするつもりかな？

このまま相手を釘付《くぎづ》けにできればいいんだけど、そう上手くいくかどうか。

敵の両部隊はこちらを挟撃する感じで向かってきていたけど、そこにはもういない。

進んだ先で互いが遭遇したらどんなことになるんだろうね。

×　×　×

川を挟んでフラッグ車がいると思われる場所の手前、丘の背後に隠れて偵察を行う。

かーしまがヘッツァーの上に立って双眼鏡で見ているが、その横では秋山ちゃんが私物の1メートル測距儀で観測をしている。

「ペタンクやってますねー。フラッグ車の護衛も無警戒なようです」

見つけた。向こうはかなり油断しているみたいだ。

前から思ってたけど、秋山ちゃんのあの色々なミリタリーアイテムって、便利なんだけどどうやって手に入れているんだろうね。お陰で部品の調達の時に、出物を豊富に扱っている店を教えてもらったから助かるんだけど。

「ああ、これですか？　距離を測るのにはいいんですよね」

うん、測距儀だからそうだろうね。

「敵は完全に油断している。一気に片を付けよう」

かーしまが強気に出たのに、西住ちゃんが一瞬逡巡《しゅんじゅん》した。

「ああ、はい」

まあ、あまりにも上手くいき過ぎると怪しく思えちゃうよね。その気持ちは良く分かる。

ただ、ここまで来て何もしないのは悪手だし、虎穴に入らずんば虎子を得ずってね。

向こうに何か罠《わな》があっても、その前に食い破ってしまえばいいだけだし。

西住ちゃんも決断したのか、命令を下す。

「橋を渡って強襲します、みなさん続いてください」

丘の陰に隠れつつ、橋を目指して少し走った所で、西住ちゃんから停止指示が出た。

「橋が見えました！」

「おい西住。あれ木造だぞ、大丈夫なのか？」

かーしまが心配そうだ。確かにちょっと仮設のようで頼りなく見える橋なので、不安になるのも仕方がない。その上、どこかから有名なマーチが聞こえてきそうな見掛けだから、最後は爆破されそうな気分になっちゃう。

「戦車道用に運営が作った橋なので、耐荷重的には問題ありません」

「ダメだったら橋の両側に制限標識があるので、心配ないですよ」

秋山ちゃんの説明に、西住ちゃんも被せて安心させている。

「そういうものなのか？」

そうなんだってさ、一応ルールブックの補足に書いてあったよ。

その間に、西住ちゃんが戦車を前進させて、周辺の確認を行っている。

橋の対岸にも敵影はないみたいだ。

「うん、大丈夫」

小さく頷いている。

『全車、ゆっくり前進』

あんこうが橋に向かったので、その後に続くように小山に伝える。

ジワリと動いて橋を渡り始めたので、車長席の双眼式砲隊鏡で前を見て、誘導する。

「まだ敵は気が付いていないようだ」

かーしまがハッチから滑り降りて砲手席に移動すると、照準器で観測している。

その横から小山に指示を出す。

「ゆっくり慎重に、相手に気付かれないよう回転数上げないで」

戦車は視界が悪い。周囲が装甲で囲まれているから、最低限しか外が見える場所が無い。

そしてうるさいから外の気配を察知するなんて普通は無理だ。

だから車長が外に体を乗り出して、四方八方を見張らないとどこから奇襲を受けるか分かったもんじゃない。今は西住ちゃんが見張っているから任せているけど、本当なら自分も見張りたいところだ。でもそれをやったら、かーしまを隊長にした意味がなくなる。

『まだドンパチ始めないのか』

『こっそり敵に近付いて、後ろから寝首掻《か》くって言ってたじゃない』

『ちょっとヒキョーだな』

『桃さんが立てた作戦だよ。立派にやり遂げようじゃないの。イワシの頭も信心だよ。イワシを信じてるわけじゃぁないけどね』

『うほっ』

初陣のサメさんチームは気が逸《はや》っているみたい。

他のチームからも待ち兼ねているような通信が漏れている。

『どうしたの、そど子』

『何か気になるのよねぇ……風紀委員の本能っていうか』

最後尾のそど子が警戒している。確かにあの子のカンはバカにできない。西住ちゃんに連絡しようかと、喉元のマイクに手を伸ばした瞬間、そど子の声が飛び込んできた。

『はっ、2時半の方向に敵！』

2時半、右やや前方って、川沿い!?　向こうの部隊が戻って来たの？

『急いで橋を渡り切ってください！』

西住ちゃんの指示が飛ぶと同時にあんこうチームが加速した。

小山にもぴったりと付いていくように指示を出す。

だが、砲隊鏡の視界に爆発が見えた。

「あんこうが！」

爆発に包まれてあんこうチームが見えなくなった。

直前に車体が傾いたのが見えたけど、大丈夫なんだろうか。でも心配している暇はない。

「小山、急停止！」

「はい！」

つんのめるように小山が戦車を停止させる。

砲隊鏡の接眼鏡におでこをぶつけたが、お陰であんこうチームに衝突しないですんだ。

『全速後退！』

良かった、あんこうチームは無事だ。小山にも後退指示を出す。急いで後部用のペリスコープを覗いて背後のカバさんとの距離を確認する。ここでぶつかったら意味がない。

『前が破壊された!?』

『後ろもやられたわよ！』

秋山ちゃんの報告に、最後尾のそど子からも連絡が飛び込んできた。

どうやら橋の前後が破壊されて、完全に袋の中の鼠《ねずみ》状態になったみたいだ。

『アヒルさんレオポンさん、ＲＫ地点に急行してください！　囲まれてしまいました』

西住ちゃんが偵察を呼び戻している。

確かにあの2輌が後ろからＢＣを攻撃すればこの状況を何とかできるかもしれない。

でも、橋の前後が落ちているのにどうやって下りたらいいんだろう。

『しまった、これはフェイントか！』

『レオポン戻りまーす』

『ボックス、ボックス！』

レオポンさんの無線が騒然とし始めた。

『ＥＰＳ使っていい？』

『５秒間だけね～モーター焼き付くから』

ツチヤちゃんが使いたいって言ったＥＰＳって何だろう。

毎回魔改造しまくってて本当によくあれで車検通過しているなあ。

『ピット直前の最速タイム更新のつもりで行って！』

ホシノちゃんが発破をかけると直後声の感じがちょっと変わった。

『インディーのオーバルみたいだな～』

『茂木《もてぎ》のオーバルも復活しないかな』

『全く』

レオポンさんチームから緊張感のない無線が聞こえてくる。とても車内が楽しそうだ。

『のんきなこと言ってる場合か！』

気が緩み過ぎていると思ったのか、ホシノちゃんが一喝した。まあね、車内の会話がまるっとこっちに聞こえているとは思ってないだろうし、軽口ぐらいはいいんじゃない？

アヒルさんとレオポンさんが戻って来るとはいえ、まだ暫《しばら》くはかかるだろう。

その間持ちこたえられるかどうか、そこが正念場だ。

『フラッグ車を守ってください！』

西住ちゃんがⅣ号戦車を盾にしようと後退しつつ、砲撃を行っている。煙幕欲しいなあ。

「なんだぁ、相手チームはしっかり連携しているじゃないか！」

状況の急激な変化で、かーしまがパニックになっている。同時に一斉に無線も騒がしくなった。

他の車でも同じような状況になっちゃったか。

本当ならここで隊長がみんなを落ち着かせる場面だけど、当人がこの状態じゃあね。こっちも車長席にいて後ろを見なきゃならないから、かーしまのケアも難しい。

『やばくない？』

『逃げ場がないよ～』

『このまま撃たれっぱなし!?』

ウサギさんチームもかなりパニック状態っぽい。

カモさんとウサギさんは、橋の後ろの方で、遮蔽物が少ないから被弾も多いのかも。それにだんだん橋がグラグラ揺れてきた。向こうはこっちを直接撃破できなくても、橋を壊してしまえば、戦闘不能になるかもしれない。

うーん、困ったね。悩んでいる所に西住ちゃんから指示が来た。

『皆さん、ハッチを閉めて中に入ってください！』

『何で何で？　BCって仲悪いんじゃなかったの？』

『優花里《ゆかり》さんの偵察ビデオでもケンカしてましたよね……』

『もしかしたら偵察に来たのを最初から知っていたのか？』

武部ちゃんが焦っている所に、冷泉ちゃんが鋭い意見を出した。

それを聞いて秋山ちゃんの愕然《がくぜん》とした声がする。

『じゃあ、今までのケンカはこちらを欺くためのお芝居……？』

『……そうだったのかも』

『えぇぇぇ！』

秋山ちゃんがショックを受けている。

まあ、仕方ないよ、相手が一枚上手だったんだ。やはり戦車道を古くからやっている学校は、ブラフも上手い。サンダースとか偵察を気にしない学校はいいけど、弱い所はあの手この手を使って来るってのが分かったから。

今度ダージリンにそれとなく聞いてみようかな、聖グロリアーナ流偵察術とか防諜術《ぼうちょう》を。

現実逃避している間にも、砲弾は次々飛んでくる。橋があるので向こうも狙いにくいのか、幸い致命的な損傷は出ていない。でも、かーしまのパニックは悪化する一方だ。

「どうするどうする、どうすればいいんだ、こんな所で敗退したら、私の入学が！」

「落ち着けって、西住ちゃんが絶対に何とかするから」

「何とかってどうするんですか！」

こうやって撃たれて何もできない時に慌てるのが一番危ない。

さっきも思ったけど、状況が見えないから一つ間違えるとパニックになる。

照準器から目を離させて、装填手に専念させたら外が見えないから少しは落ち着くかな。

結構あちこちで被弾しているし、かーしまはそれを目の当たりにしているんだろう。

でも、こっちも後ろを見ないとならないから、車長席は離れられないし。

西住ちゃんと武部ちゃんは、必要な情報を必要な時に全員にちゃんと伝達してくれるから、それを信じていれば慌てなくてすむはず。だから今は待つしかない。

『敵は遠距離から上に向かって撃っているので、橋が邪魔になって簡単には当たりません！』

ほら、通信が入って来た。

『できるだけ橋の陰に隠れてください！　右側のソミュアは、この距離だとこちらを抜くのは困難です！　なるべく左のＡＲＬ44に注意して、小刻みに動いて狙いをずらしてください！』

西住ちゃんが的確に対策を知らせてくれる。ただ、左に注意と言っても、今うちは装甲が薄い後部が左を向いている。ここから位置を変えるのはもう無理だ。

『向こうが狙っているのは、まずフラッグ車です！　カメさんチームは橋に隠れてください』

確かに後ろのペリスコープから見ると、遠くにＡＲＬがいる。

ただ、あの距離だと遠すぎるんじゃないかな。至近弾は多いけど、致命的な命中はない。

とはいえ、また橋の部材が吹き飛んだ。このままだと、橋自体が危ないかな。

「ああー、もうダメだー。橋が壊れてきた！」

かーしまの悲鳴も大きくなった。

「なぜだー、なぜだ――！」

どうしよう、完全にお手上げだよ。しかも秋山ちゃんまでパニクってるのが聞こえる。

『すみません、私のせいで！　まんまと欺かれました――』

『全然優花里さんのせいじゃないよ』

『しかし、このままではまさかの初戦敗退』

『そんなの絶対ダメ～』

『そんなことになったら道が断たれてしまいます！』

あんこうチームも相当焦っている。西住ちゃんですら、この状況を打開するのは無理か。

もう諦めるしかないのかな。空を飛ぶとか、そんなのはできないし。

『ここに来るまでアヒルさん5分、レオポン6分かかるって』

武部ちゃんの報告があったけど、後5分は持ちそうもない。

『間に合わない……あ、優花里さん、Ｍｋ・Ⅳの全長ってどれくらいだっけ？』

今、何でそんなことを？

『8メートル4センチです、それが何か……はっ、ああ！』

おっと西住ちゃんと秋山ちゃん、何か気が付いたね、ここで、起死回生策を！

これを待っていたんだ。あんこうチームは追い込まれてからが強い。

『サメさんチーム、お願いがあります！』

『隊長は桃さんだよ？』

西住ちゃんの指示をお銀ちゃんが遮った。

そんな場合じゃないと言いたいけど、まあ確かに隊長はかーしまだ。

『あっ……隊長、サメさんチームに命令をお願いします！』

パニックになっていたかーしまが、西住ちゃんの声で正気に返った。

「何だ!?　策があるのか!?」

『因幡《いなば》の白兎《しろうさぎ》作戦です！』

西住ちゃんとかーしまの会話を聞いて、笑いを漏らすと小山が怪訝《けげん》そうな声を出した。

「杏《あんず》？　どうしたの？」

「いやぁ、こんな状況なのに、西住ちゃん余裕があるなと思って」

「どういうこと？」

戦車の視界は非常に狭くて操縦席の小山からはすぐ前しか見えない。装填手席に移動して側面ペリスコープを覗くと、僅かな視界の中にサメさんチームのＭｋ・Ⅳ戦車が前進して橋から下りて行こうとするのが飛び込んできた。Ｍｋ・Ⅳはウサギさんチームの誰かが言ってたけど、焼き芋みたいな形で砲塔とかが上に無くてまっ平だ。だから、構造さえ持てば橋として上を渡れる。

で、因幡の白兎って、兎が鮫《さめ》を騙《だま》して並んだ鮫の上を通って海を渡ったら騙したのがバレて皮を剝《は》がれて赤裸になるんだけど……サメさんチームの上を我々が並んで通る。さて、この場合裸になるのは誰かな。ウサギさんチームか、それともかーしまか。

咄嗟《とっさ》にそんな作戦名を考えるなんて、気が付いたら笑えるよね。ピンチの時に笑えば精神の余裕もできる。さすがだよ、西住ちゃん。見込んだ以上の逸材だった。わが校のみんなはどれだけ感謝してもし足りない。

ひょっとしたら、因幡の白兎は縁結びの神様でもあるから、かーしまが大学と縁を結べるようにって、それも願ってくれたとか。

偶然かもしれないけど、そうだったらいいな。


長々と考えていたようだけど実際は僅かな一瞬、轟音《ごうおん》と共にサメさんチームの車体前方が地面と接触した。何とかなるもんだね。

「今だ！」

急いで背後の車長席に戻る。砲身が地面にぶつかるから前進では下りられないので、バックで移動するために後方確認用ペリスコープで小山を誘導する。

「小山、後進全速だ。我々が生き残れば大洗は負けない！」

「はい！」

「よし、角度そのまま、真《ま》っ直《す》ぐ行け！」

小山が指示通り的確な操作でＭｋ・Ⅳの履帯に合わせたのを確認すると、ゴーを出す。

「会長！」

横でかーしまがまたパニックになっているが、落ち着け。

本当は私だって働かないでホワイトナッツトウ食べてだらだらしていたいんだ。

「黙ってろ、舌を噛《か》むぞ！　行け、小山！」

いいぞいいぞ、ちゃんとサメさんチームの上に乗ってる。

鮫の数を数える白兎の気分だ。まあ、サメさんチームは1輌しかないけど。

飛んでくる砲弾も突然ぐっと減った、きっとBC側は障害物が邪魔で撃てないんだろう。

いける、このピンチさえ切り抜ければ、必ず西住ちゃんが逆転の手立てを考えてくれる。

直後、地面に着いた衝撃を感じた。

「小山！　車体を左に向けろ！　右はソミュアだ、簡単には抜かれない！」

さっき言われた通り、左側にいるのは90ミリ砲装備のＡＲＬ44部隊だ。

右側のソミュアの47ミリ砲は、この距離だとこっちの装甲を抜くほどの脅威じゃない。

指示をしながらかーしまを追い出して砲手席に座り、照準鏡を覗くのもそこそこに、当てずっぽうで一発発射する。その間に小山が死角になる場所まで戦車を移動させて停止したので、もう一発牽制《けんせい》を行う。

続いて下りてきたカバさんチームが隣で盾になりつつ、砲撃を開始した。向こうはエルヴィンちゃんがこの砲撃の中、頭を出して後方を確認していたので、状況把握が早い！

あのチームも妙に肝が据わっているというか、どこかネジが抜けているというか、妙なメンバーが集まっている。

橋の上からはまだ砲撃音が鳴り響いているので、西住ちゃんが牽制しているんだろう。

と思ったら、無線が入って来た。

『我々が撃ち続けていれば、向こうは狙えません！　急いで！』

さすがの西住ちゃんも、焦っているようだ。

続いて、アリクイさんがカバさんと位置を変更した。

カバさんはそのまま反転してこちらの後方を守る位置につく。

これでお尻も安心だ。後は砲撃を続けて、他のチームを援護しないと。

「敵が前進してきた！」

かーしまの悲鳴が聞こえたけど、前進してくれたのはむしろ好都合。フラッグ車であるこっちを狙うために動いたんだから、橋の上が安全になる。

その間に、白兎ならぬピンクのウサギさんチームが下りてきたけど、幸い皮は剝がれなかったようだ。橋の上を狙う砲撃が減ったせいか、しっかりと車長の澤《さわ》ちゃんが周囲を確認している。車高があるから、怖いだろうに。それともジェットコースターとか好きなタイプ？

『向こうが前進してくるわよ』

『あなた方が最後です、大丈夫です！』

無線を聞くと、後はカモさんとあんこうチームだけだ。

「砲撃が増えているぞ、このままではあんこうチームが逃げ切れるかどうか危ない。よし、ここは我々が捨て石となって食い止めよう！」

まだかーしまはパニック状態らしい。全然状況を理解していない。

「桃ちゃん、今回はうちがフラッグ車なんだから」

「そうだった……」

小山にたしなめられて、やっと落ち着いたようだ。

「撃たれないように気を付けてよ〜」

「はい、会長」

「前・会長だよ」

あんこうチーム以外は全部下りてきて、左右から川沿いに接近してくるBC自由学園の隊列に向かって砲撃を続けている。止まっているこちらの方がやや命中率が高くて何発か当てているけど、どれも角度が浅くて弾《はじ》かれてしまった。

『よし、行こう！』

西住ちゃんがくるみたいだ。

これ以上接近させないように、撃ちまくって向こうの照準を邪魔する。

「煙幕が使えればいいんだけどねえ」

もくもく作戦再び、ってね。残念ながら風向きの都合で、あんまり効果がないらしい。

まあ、使えていたら、橋の上でやってたか。

『各車、散開！』

突然、西住ちゃんから命令が飛ぶ。

反射的に小山が前進、直後に轟音を立てて橋が崩壊した。

ハッとして後ろを見ると、一瞬Ｍｋ・Ⅳが逆立ちしているのが目に飛び込んできた。

大丈夫か、あれ、と思ったがすぐに正しい姿勢になった。

『各チーム、隊列を維持しつつ停止、フラッグ車を守りつつ砲撃を続けてください！』

西住ちゃんの指示に従って岩陰に隠れつつ、砲撃を行う。状況は多少良くなったとはいえ、両側から挟まれているのは変わらない。状況をひっくり返すにはもう一手必要だ。

『ウサギさんチームも、アリクイさんチームも一旦、停《と》まってください』

『はい！』

『了解です！』

『射点を確保した後、左右に展開して接近してくる敵を攻撃してください』

『まかしときな』

『わかった～』

『ボコボコにしてやる！』

『うりゃあ！』

サメさんチームも撃ち始めたみたいだ。

『こっちも行くわよ！』

そど子もか。

『くらえーぴよー』

猛烈な砲撃が飛び交っているようだが、今は狙うしかできない。

かーしまも装填に専念しているので、パニックを起こす暇がなく、落ち着いている。

『こちらレオポン、これよりタイムアタックに入るよー！』

持久していると、待ちに待っていた連絡が入った！　これが待っていたもう一手だ。

使うって言ってたＥＰＳの効果なのかな。６分かかるはずのレオポンさんの方が先に到着するみたいだ。

どうせ自動車部、レギュレーションの範囲内で、エンジンの排気を動力化するようなエネルギー回生システムみたいなのを組むような改造でもしたんじゃないかな。あそこはほっとくと、そのうち戦車飛ばしたり、時速３００キロで走らせたりしかねない。いっそのこと、魔改造上等、元が戦車なら何でもありのアンリミテッドクラスに挑戦してみたら面白いんじゃないかな。ホシノちゃんなんて、最近レギュレーションでガチガチなのでもっと自由にやりたいって言ってたしさ。

ＢＣ自由学園側も片を付けるつもりで前進して来たが、ちょっと距離がまだあるね。

「来た！」

レオポンさんの特徴的な88ミリ砲の咆哮《ほうこう》が車内まで聞こえた。これで戦況が動く！

『BCが後退していきます！』

直後飛び込んできた通信で慌てて照準を回して、丘の上を見ると、待機していたBC側のフラッグ車の上で扇が動いていた。同時に、全車波が引くように一斉に後退していく。

撤退の動きまで見事に統率が取れていて、とてもいがみ合っていたチームとは思えない。

よほどFTの上で扇を振ってた隊長が優秀なんだろう。

抽選会場で見かけた時は、全然そうは見えなかったけど。


本当に撤退したのか不安で、暫く様子を見ていたが戻ってくる気配がないので、車長席に移動してハッチを開く。思わず体を出すときに「よっこらしょ」と掛け声が出てしまって、操縦席の小山が噴き出した。おのれ、あとで干し芋の刑だな。

ベンチレーターでは吸い切れなかった主砲の煙とエンジンの排気で汚れた空気が、車外の新鮮な空気に入れ替わる。大きく深呼吸して、Ⅳ号戦車の西住ちゃんに声を掛けた。

「やれやれ、見事な采配と、統率力だったね」

「すみません、油断した私のミスです」

西住ちゃんが小さく眉をしかめている。

「いや～あのまま半分はやられるかと冷や冷やしたけど、さすが西住ちゃん。あそこで策を思いついて全部脱出させるなんてね」

「本当です、全員無事で良かった」

あんこうチームの砲塔ハッチが開いて、秋山ちゃんと五十鈴《いすず》ちゃんも顔を出してきた。

「向こうがちょっと慎重すぎたのか、それとも新しい戦車にまだ慣れていなかったのかもしれませんね」

「遠距離砲撃には慣れてないでしょうし、砲の特性をまだ把握していない可能性もあります」

確かにね、急に新しい戦車入れてもそう簡単には使いこなせないか。今回の大会は新戦術だけじゃなく、戦車のテストにもなってる学校が多そうだ。となると、これと似たようなことを他の学校もやってくるんじゃないかな。今までのデータが役に立たなくなるから、色々大変そうだ。

「ふーん、その慣れていない所を突くのが良さそうだね」

「はい……そうですね、練度では負けていません」

西住ちゃんの顔から迷いが消えた。きりっとした表情で顔を上げると、号令を出す。

「作戦を立て直しましょう。ここから第二ラウンドです」

その瞬間、慌てて武部ちゃんがハッチから出てきた。

「ねえ、歌が聞こえるよ！」

「歌？」

「みんな、ラジオ入れて！」

無線機の周波数を、試合前に決められている敵味方関係ないオープンチャンネルに合わせると、歌が飛び込んできた。

あれ、この歌聞いたことある。

「ん、クラリネット壊しちゃった？」

「違います、玉ねぎの歌です」

秋山ちゃんに突っ込まれたので、教えてもらおう。

「何それ」

「油で揚げた玉ねぎがあれば自分たちは獅子《しし》にもなる、一緒に進もう戦友よ、って歌で、ナポレオン時代に擲弾兵《てきだんへい》たちが歌ったと言われています」

それを聞いて武部ちゃんが何かに気が付いた。

「って、ことは外部生とエスカレーター組が一緒に戦おう、って意味なの？」

「恐らく……」

秋山ちゃんが自信なげに答えると、五十鈴ちゃんも砲塔から顔を出して来た。

「隊長だけじゃなく、全体の士気も高いみたいですね」

これはなかなか厄介な相手みたいだね、どうしたものか。そんな中、クライマックスを迎えていた歌の後に、コールが響く。

『今度こそ勝利をわが手に！』

『Vive《ビーブ》 la《ラ》 BC《ベーセー》！』

『Allez《アレ》！』

フランス語のコールに武部ちゃんが疑問符を浮かべた。

「なんて言ったの？」

「『ＢＣ万歳』『おー！』って感じだな」

やれやれ、わざわざオープンチャンネルを使ってこっちにまでアピールしてくるとは、向こうの隊長、おっとりしているように見えて戦意が高い。煽《あお》るのも上手だね。

それに対して、うちの隊長はまだ白目を剝《む》いたままだ。つついて起こそう。

「ぬぁ！　あ、西住、ＢＣはどこに逃げた？」

よしよし復活した。傀儡《かいらい》でも隊長なら隊長らしく、ちゃんと動いてもらわないと士気で負けちゃうからね。西住ちゃんも空気を読んですぐに返答する。

「あ、はい。向かった方角からするとまだ丘陵地域を抜けていないと思います」

「追い付けるか？」

「何とかなると思うので、行きましょう。号令お願いします」

「あ、えーっと、どっちにだ？」

「あんこうが先導します、付いて来てください！」

「よし、全車あんこうに続け、パンツァー・フォー！」

アイドリング状態だったエンジンが回転数を上げて、排気管から黒煙が吹き出す。無駄のない動きで小山があんこうの直後に位置取り、背後を見ると他のチームも次々と隊列を組んでいる。サメさんチームは一回降ろした旗を直すのに手間取っているようだけど……

ああ、動き出した。

川沿いをBCが後退した方向へと進んでいく。

どうやら我々が最初にいた丘陵方面に移動したっぽいね。

「森をショートカットすれば、側面に出られるはずです！」

西住ちゃんの予想も同じだったのか、指示が飛んだ。どれ、そろそろ後はかーしまに任せて戦車の中に戻るかね〜。お腹《なか》も空《す》いてきたし、干し芋でもちょっとつまむとしますか。

「おーい、小山、水だよ」

「手が離せないので、飲ませてください」

「はいはい」

操縦に集中している小山の口元に薄めにしたスポーツドリンクのストローを差し出すと軽く咥《くわ》えて飲んでいく。結構消耗したのか、かなりの勢いだ。クーラーボックスとかの持ち込みに関しては規定が無いのが助かるね。というより試合中の飲食に関しては『健康に十分留意し、脱水症状にならないように早めの補給を心掛ける。また食中毒対策を必ず行うこと』とあるから、むしろクーラーボックスの持ち込みが推奨されているぐらいだ。

「かーしまも、今のうちに水飲んどきなよ」

「そんな余裕は！」

「いいから飲め！」

クーラーボックスから取り出した冷えっ冷えのドリンクボトルを投げ付ける。

まだ何か言いたそうだったので追い打ちをかけておく。

「今からそんなに気を張ってたら、次に戦闘始まった時指揮できなくなるよ」

「あぅ」

「休める時に休む、それが上に立つ者の仕事だよ！」

「……はい。あ、会長！　そんなご自分で水やお菓子の用意なんて、直ちに」

やっと周囲を見る余裕ができたようだね。

「かーしまは今日は隊長！　それは後回し。それともう会長じゃないよ」

「……はい」

「宜《よろ》しい」

ついでに、冷やしておいたタオルで小山の汗を拭く。

「ひゃっ」

「あ、ごめん。冷たかった？」

「いえ、助かります。おでこと首筋もお願いします」

「ほいほ～い。かーしまもこれで汗拭いて」

「はい、すみません」

飲み終わったボトルの代わりにタオルを渡す。よしよし、クールダウンできたかな。

やっと落ち着いておやつ食べられるよ。

『見つけました！　距離３０００！』

って、ダメじゃん。口に干し芋を咥えたまま慌てて照準器に飛び付く。

距離3000かー。

しかも向こうは移動しているし、やや撃ち上げになるから当てられるかなぁ……。

『側面から砲撃を仕掛けます』

『この距離では、少し遠くありませんか？』

『昔の戦車道では、ドイツ戦車が砂漠や雪原で距離5000で命中弾を出したそうですよ。それにフラッグ車のFT17は、最大装甲22ミリなのでどこに当たっても撃破できます』

あんこうチームの内部会話がそのまま通信に乗って聞こえてくる。

当たれば撃破できるんだろうけど、その当てるのが大変。五十鈴ちゃんならやってくれるかもしれないし、当たらなくても向こうを追い込むことが目的かな。

照準を覗いたまま、指示を待つ。

『全車停止、一斉砲撃！』

「全車止まって撃て！」

西住ちゃんの号令に続いて、かーしまが叫んだ。

小山が車体が揺れないように最大限配慮しつつ停止する。これならコップの中の水もこぼれない。

照準には移動中のBCチームが入っているが、フラッグ車のFTは微妙にソミュアと丘の稜線に隠れていて狙いにくい。

「ひーふーみー、今だ！」

距離と移動速度を調整して、発砲。号令に合わせて他のチームも発砲した音がする。

一瞬後、目標近くへの弾着が見えた。

『外れました、目標左に転進しています』

砲撃からフラッグ車を守るように素早くソミュアが割り込んできて、空いた隙間にARLがカバーに入る。実に動きが迅速で、とてもとても一回戦敗退常連校とは思えない。個々の能力はやっぱりバカにできない。しかも部隊全体は素早く左に旋回して稜線の陰に隠れて、こちらの射線が通らないようにしてから回避していく。

これじゃあもう撃っても当たらない。

『本隊、砲撃やめ！』

予想通り、号令が掛かって砲撃を中止、追撃を開始する。まだ砲撃音が聞こえてくるが、どうやらあれこれしている間に、先行部隊がショートカットしていたらしい。

『敵船は取舵《とりかじ》一杯で尻尾を巻いて逃げ出したぞ。戦車に尻尾はないけどね』

先行していたのはサメチームか。

砲撃音からすると、他にもいるみたいだけど、今は外の様子が全く分からない。

『了解しました。サメさんチームほか、深追いせずにこちらに合流してください』

『あん？　隊長は桃さんだよ』

鉄板ネタとなったフレーズが繰り返され、西住ちゃんの指示にサメさんが喰い付く。

あんこうにサメが喰い付こうとして逆に大口に飲み込まれる絵が浮かんで、一瞬噴き出しかけるが、笑いをかみ殺してかーしまの足をつつく。

「出番だよ」

「うっ！」

ハッとしたかーしまが慌てて指示を叫んだ。

「サメチーム合流しろ！」

『アイアイサー』

照準眼鏡ではもう敵の様子が全然見えないね。

今は武部ちゃんが中継してくれるあんこうの無線だけが頼りだよ。

『ＢＣはボカージュに向かっています。後退してまた奇襲を仕掛けようとしているんでしょうか』

『うーん、違う気がする』

『じゃあ、ボカージュに潜んで持久戦を展開するつもりなんでしょうか？』

『うん、そうかも』

多分、秋山ちゃんがいつもの１メートル測距儀か何かで観測してるんだろうね。かーしまにもヘッツァー備え付けの６倍双眼鏡を渡してあるけど、ちゃんと見えてるかな。片眼鏡邪魔じゃないかな。

「どうする、西住。ＢＣのチームワークは油断禁物だぞ。何しろ完璧なまでに我々は欺かれたんだからな」

かーしまの問いに一瞬の沈黙が落ちた。

『そんなに気にしないで、優花里さん』

西住ちゃんがフォローしたけど、ああ、秋山ちゃんが事前偵察の件で、落ち込んだのか。

『騙されて作戦立てたのはわたしなんだから』

『あ、いえ、ちょっと気になることがあって』

あれ、違うみたいだ。失敗を引っ張らないメンタルは大事だよね。

『何？』

『BCはタイプの異なる二校が合併して、それで伝統的に仲が悪いんでしたよね』

『ま、結果として、実は仲良しだったんだけどね』

武部ちゃんも話に加わってきた。

『戦車道のメンバーの喧嘩《けんか》は確かにお芝居でした。でも学校自体の揉めごとは』

『演技ではなくて本当に仲が悪い？』

五十鈴ちゃんも追加か、状況的には割と余裕があるみたいだな。

なら、照準器からちょっと目を離しても大丈夫そうだ。本当なら車長席に移動して周囲の観測をしたいところだけど、いつまた戦闘が始まるか分からないから、食べちゃおう。

『はい、えっと、つまり何が言いたいのかと言うと、あのチームはこの大会に勝つための急ごしらえじゃないかと思うんです』

『かなり無理して作った、とか？』

『はい、もしかしてですけど』

『あっという間に花がしぼんでしまう月下美人のように儚《はかな》い存在ということなんですね』

『即席が本当かどうか試してみるか？　面白そうだし』

冷泉ちゃんが悪巧みをしている。いいねいいね、相手の弱点を揺さぶるのは大好きだよ。

「おい、全ては憶測だろう。それに仲違《なかたが》いさせる方法なんてどこにある？」

かーしまが慎重論を吐くが、あんこうチームのことだ、きっと面白いアイデアを考えてくれると思うよ。またきっと今までの戦車道をぶち壊すようなトンデモないことを。

世界大会になったら、国内でやっている暗黙の了解で組み立てられたルールが一切通用しない相手が次々と出てくるんだから、戦車道振興のためには必要だよね。

あれ、ひょっとして文科省が二度目にうちを潰そうとしたのって、メンツとかもあるけど、文科省が考える「正統派」戦車道を守ろうとするためもあったとか？

それはともかく、ナカジマちゃんが文句言ってたけど、モタスポジャンルだとルールを決めるのは欧州の運営で、勝つためにはルールも平気で変更してくるって。だから勝利を掴むには判定とかじゃなく圧倒的な強さを見せつけなきゃいけないけど、次はその得意分野を潰すようにルールが変更されてしまうから、欧州以外のチームは定期的に撤退が繰り返されることになるらしい。

戦車道も欧州が基本だから、似たようなことになるんじゃないかな。

『あれ〜』

武部ちゃんの調子はずれな声がヘッドセットの中に響き渡った。何ごと？

『ねー、どうでも良いことなんだけどさあ、カモさん号って似てるよね？　これに』

これってどれだろう。

『ああ』

『ホントですね』

『ああ、それカモさんチームの砲塔の発展型が搭載され……』

『！』

あんこうチームがワイワイやっているうちに、どうやら西住ちゃんが何か閃いたらしい。

『なるほど！　さすがは武部殿』

『それで行きましょう』

『え、なになに、何なの？』

なんだかよく分からないけど、何となくカモさんチームを使ってやらかすのは分かった。

恐らくアレかなという気はするけど。西住ちゃん、いざとなったら手段を選ばないよね。

確かにルールでは全く問題ないんだけど、戦車道の暗黙の了解を全て破壊していくよ。

その間にも西住ちゃんが指示を出している。

『レオポンさんチーム、お願いがあるんですが』

『はいはいー承りー』

『ウサギさんとサメさんを連れて、敵の正面から牽制してください』

『隊長は』

「サメチーム、私のためにレオポンチームの指示を聞いて動いてくれ。一時的に指揮権を委譲する」

『アイアイサー』

お銀ちゃんが何度目かの鉄板ネタを言い掛けた瞬間に、かーしまが遮って指示を出した。

どうやらサメチームの扱いが分かってきたらしい。

すぐに戦闘が行われるわけじゃなさそうなので、車長席に移動して前部ハッチを開けて双眼式砲隊鏡で前方を覗く。装填手用ハッチから、かーしまが身を乗り出して西住ちゃんたちとやりとりしているので、自分が周囲を観測しないとね。小山のペリスコープだとあまり遠くまで見えないので、進む先をちゃんと確認しておかないと。

射手席から車長席に移動する時、一番困るのがヘッドセットのケーブルなんだよね。改造ヘッツァーだけど、無線機はオリジナルと同じように装填手席の後ろにあるから、ヘッドセットを付けたままだと絡まっちゃう。

ジタバタしながら何とかケーブルをさばいて車長席に移ると双眼式砲隊鏡を覗き込む。先にかなり広い空間があるけど、今いる牧草地みたいな丘陵部とは違ってあちこちに緑のモコモコとした線が走っている。秋山ちゃん曰《いわ》く「ボカージュってのは、牧草地と小さな森が生垣で囲まれて、その間を細い田舎道が通っている地形を言うんですよ」ってことらしいから、緑の線は生垣なんだろうね。

ただ、あの生垣は石垣で土台を作って、その上に低木を曲げて他の木や枝同士を編み込んで複雑に絡ませてあるから、突破するのが難しいらしい。しかも人の背丈ほどの高さがあって、うちのカメさん号とかカバさん号なんかは隠れてしまってもおかしくないとか。

ＢＣはあそこに立てこもる防御戦術を選んだみたいだ。

確かに攻めにくい場所だけど、消極策は西住ちゃんには通用しないんじゃないかなあ。


暫く待っていると、無線が入った。

『こちらレオポン、予定通り北道路を南下します』

『こちらウサギ、レオポンさんに続きます』

『あー、桃さん隊長こちらサメ、針路ヒトハチマル、ヨーソロー』

予定通りサメチームの旗を目立たせるようにしながら、現在地からボカージュへと続く唯一の道を南下しているみたいだ。戦車は生垣の上に出なくてもあの旗はいやでも目立つ。

一番装甲が強固なレオポンさんが先頭に立っている。

ソミュアの47ミリ砲相手なら上か下から撃たれない限り安心だけど、ＡＲＬの90ミリ主砲は１０００メートルで２００ミリの垂直装甲を抜くって話だから、ちょっと危ないかも。

秋山ちゃんが口を酸っぱくしてナカジマちゃんに伝えていたから大丈夫だとは思う。

『よし、ちょっと遠いけど発砲！』

レオポンさんに続いてウサギさんチームの無線も飛び込んできた。

『この距離だとどうせ当たらないよ〜』

『ほら、外れた』

『撃ち返してきたよ〜』

『向こうもそみゃーだから当たっても大丈夫』

『ソミュアだよ』

ウサギさん全員の声が聞こえてきて実に騒がしくて楽しいことになっている。いや、一人聞こえないけどさ。それにウサギ号の正面装甲は51ミリだからソミュアでも至近距離だと危ないって秋山ちゃんが言ってなかったっけ？

『本隊、移動を開始します！』

西住ちゃんの号令が下った。あんこうが前進を開始、その後ろにカバさんが素早く続いて、小山がエンジンを絞りつつ静かに後に続く。この辺りは生垣の背が高いので、あんこうでもすっぽりと生垣の後ろに隠れてしまう。ましてや大人の背丈よりもちょっと高い程度のカバさんとうちのカメさん号なら、アンテナやフラッグすら見えないぐらいだ。

「さてさて、忙しい忙しい」

車長席から砲手席へと戻る。今度はかーしまも車内に引っ込んでいるから、ヘッドセットのケーブルはちゃんとさばいてくれた。照準を覗くとあんこうが砲塔を旋回させている。

『弾種榴弾《りゅうだん》、石垣を狙って』

『了解、榴弾装填よし！　こんな時はライノ戦車が欲しいですね』

『何それ？』

『ボカージュ突破用の生垣カッターを取り付けた戦車です』

秋山ちゃんの薀蓄《うんちく》が聞こえるけど、そんな戦車があるんだ。事前に会場が分かっていたならともかく、さすがの自動車部でも即席で作るのは無理でしょ。

ないものねだりをしてもしょうがない、あるもので何とかしよう。

『照準よし、撃ちます』

その間にも五十鈴ちゃんが準備を整え、榴弾で土台ごと生垣を吹き飛ばした。

『こっそりついて来てください』

あんこうが生垣の裂け目を乗り越えるとカバさんが続き、後をこそこそと追い掛ける。

更にアヒルさん、カモさんが続いているはずだけど、今は確かめるすべがない。

視界に、キューポラからそろーっと出てきた西住ちゃんが入る。

『前方の皆さん、可能な範囲で構わないので相手の状況を教えてください』

西住ちゃんの指示に、次々と連絡が入ってくる。

『はい！　こちらウサギチーム。正面乙区画、３にソミュア1輌。３は恐らくソミュア隊長車。乙6にソミュア1輌、ＡＲＬ44乙の4、ソミュア1輌、えーと甲の3かもです』

『はいはいこちらレオポン、ＡＲＬは今見える範囲でえーと3輌。多分丙の5番に2輌、丁の4番グリッドに1輌』

『サメから桃さんへ、甲のはずれ、多分ソミュアとやら。残りは不明。敵船長の気配なし。あたしとしては甲の4辺りが怪しいかな。船乗りのカンとしてだけどね』

報告が次々と入ってきているけど、各チームとも車内からの確認じゃないよね、これ。

ウサギさんはかなり広い範囲の目標を発見しているし、声が途切れた時に車内で聞くのとは違う大きな砲弾音がしたし、レオポンさんもサメさんも車外に出ているっぽいから無《む》茶《ちゃ》しないといいなあ。

『ありがとう。これで大体の場所は把握できました。あとは……アヒルさん、カモさん、カモカモ作戦の準備をしてください！』

でもそのお陰で西住ちゃんの判断が固まったようだ。作戦が動き出した。

ちらっと後ろを見ると、か－しまが横で砲弾を握りしめて緊張で真っ白い顔をしている。

今は待つだけだからね、行動派のか－しまはつらいだろう。こっちも照準器の視界以外に何もないのは結構苦痛だ。左側面ペリスコープで様子を見たくてもか－しまが邪魔になっているし。

『カモさん、宜しくお願いします』

『はいは－い。行くわよ、ごも代、パゾ美、チャンスがあっても撃破は規則違反だからね』

『『はい』』

西住ちゃんの指示でそど子が動き出し、後方から砲撃音が聞こえた。

『カモチーム、前進します』

『正面部隊、ゆ――――っくり前進してください』

『よーし、お昼ご飯を維持したまま前進』

続いて西住ちゃんがレオポンさんに指示を出す。

レオポンさんはお昼ご飯の位置で移動しているけど、ティーガーの教科書には車体を斜めにすると正面装甲は１８０ミリに相当するから１５２ミリ砲以下の砲弾で抜くのは不可能になると書いてある。敵が時計の10時半か1時半の位置に見えるように車体を傾けた状態が装甲が一番厚くなるので、この角度を維持したまま敵に向かえば、まず撃破されることはない……らしい。

お昼ご飯の位置は1時半だ。教科書で読んだ時はドイツでは食事の時間が違うんだな、と思ったけど、問題は一本道でどうやって車体を斜めにして動くつもりなんだろう。

『どうやってやるんだ？』

『要するに微速ドリフトだよ』

『微速って、こんな感じ？』

『そうそう、いいんじゃない？　さすがドリキン』

ツチヤちゃんも同じ疑問を持ったっぽいけど、他のメンバーの助言で何とかなったみたい。でもそれって何？　ドリフトしながら進んでいるの？　ちょっと見たいな。

『言うのは簡単だよなー』

『あいた』

あれ、最後砲弾命中したんじゃない？

でも通信はまだ続いているし、砲撃音も途切れることはない。

お昼ご飯が効果を発揮しているんだろう。


『いい感じです、正面部隊が引き付けています』

『また吹き飛ばして』

秋山ちゃんの観測に従って、西住ちゃんの前進指示が出る。ＢＣ側にこちらの意図を誤解させるように、生垣の破口から見えるよう移動すると、気が付いたらしい戦車が慌ただしく動いている。

よしよし、餌に釣られたね。ここで動いてくれなかったら次の作戦を考えないと。

状況を把握するためにオープンにしている無線に、次々報告が入って来る。

何もできないでただ待つだけなのがもどかしい。

そこにそど子からの報告が飛び込んできた。

『ＡＲＬ撃ったよ！』

『では、カモカモ作戦開始です！』

西住ちゃんが号令を下す。

『装甲の硬い所を狙うのよ』

『当たった！』

カモさんチームの主砲がＡＲＬに命中したみたいだ。

『よし、さっさとずらかるわ。次はあっちの隊長車っぽいの！』

『はーい』

『また命中！』

『目立つように動いて！』

『ＡＲＬ隊長車、こっちに向いた！』

『そのまま敵になすりつけるわよ！』

『隊長車撃ったよ！』

そど子たちの緊迫した声が続いて、思わず息を呑《の》む。作戦が成功したのかどうか、ここが正念場！

『どっちに？』

『うちじゃないです！』

てことは、作戦上手くいった？

『どう？』

『まだ撃ち合ってませんね』

『じゃあ、もう一発砲塔にぶち込んで』

『はーい、撃ちまーす』

『命中！』

『向こうのARL隊長車、同士討ちを開始！』

お、カモさんカモフラージュ作戦成功だね！

ボカージュの生垣は戦車の車体を隠すほどの高さがあるので、かろうじて砲塔が見えるだけ。そして、カモさんチームのB1bisはフランス戦車で、BCのソミュアS35も同系列の砲塔を搭載している。よく見れば色が違うけど、混乱している状況なら見間違えてもおかしくない。

だから、カモさんの攻撃がARLに当たれば、味方に撃たれたと誤認するかもしれない。以前、同系列の戦車を使っているBC対マジノで派手に同士討ちが発生したことがあってから、各チームごとに明確に校章を入れるよう連盟からの通達が出たそうだ。それでも誤認する時は誤認する。

えげつない作戦だけど、秋山ちゃん曰く一時期の継続高校が得意な作戦で、昔オットー・スコルツェニーが似たようなことをやったって。

その間にも次々と報告が入ってくる。

『ソミュア1輛撃破！』

『ソミュアも反撃を開始しました！』

『ARLも1輛撃破！』

『派手に同士討ちが始まってます！』

『もう状況良く分かりません！』

『またＡＲＬ1輛撃破みたい。あ、ソミュアも撃破』

情報が混乱して、どっちが撃破してどっちが撃破されたのか全然分からなくなってきた。

多分通信してるそど子自体が分かってないのかもしれない。

好機と見た西住ちゃんがかーしまに指示を出す。

『正面部隊に更なる前進指示を』

「あ、ああ」

『正面部隊、じわっと前進！』

『こちらレオポン、じわっと前進、了解！』

レオポンさんが移動速度を上げたみたいだ。その間にもそど子たちの実況が入ってくる。

『何か敵が集まってるわよ～』

『撃っちゃえ』

『フラッグ車もいるみたい、撃破する？』

『それは規則違反よ』

『そうかなー、ここで撃っちゃえば終わりでしょ』

パゾ美の照準にフラッグ車が入ったのなら、ここは攻める一手でしょう。なのに、かーしまが全然戦況を理解していないのか反応が遅い！　すぐに撃つように言って！

『命中！』

『あ！　見つかりました！　ばれたみたいです！』

しまった、千載一遇のチャンスを逃したか。

『包囲されました、こちらもはやこれまでです。皆さんの幸運をお祈りします！』

雑音の後にカモさんチームの無線が切れた。でもそのお陰で向こうを一か所に集めるのに成功、位置も把握した。ここで一気に包囲殲滅《せんめつ》しないと！

『全車前進開始、目標を包囲します！』

西住ちゃんからも指示が出た。こちらも前にいるあんこうチームの加速に合わせる。

正面部隊も普通に動き出したはずだ。

『目標発見！　固まっています』

『砲撃！』

『てー！』

正面部隊の方が敵と遭遇するのは早く、次々と攻撃開始の無線が入って来る。

『こちらレオポン、目標そちらに移動中だよ』

正面部隊の砲撃で、敵は予定通り我々の方向へと進路を変えた。

『敵、ボカージュを抜けていきます！』

迎撃に動いたが、向こうの挙動が予想よりも早い。ちょっと間に合わなかったみたいだ。

『先頭、左翼にＡＲＬ計３、右翼ソミュア２、中央にフラッグで五角形になっています』

『正面部隊、そっちに向かいました！』

『レオポン了解！』
『来た！』
『撃っちゃえ！』
『敵ARL1輛撃破！　撃破車輛が障害となって、後続に攻撃不可能！』
『抜かれました！』
『目標、本隊方面に移動してます！』
『了解！　カバさん、続いてください！』
『承り！』
西住ちゃんが敵の頭を塞ぐように動く。
『出てくるタイミングを狙って！』
『ソミュア来ました！』
『てっ！』
『外した！』
『アリクイさん！　今です！』
『了解だぴよ！　当たったぴよ！』
『ソミュア撃破！　突っ込むにゃー！』
西住ちゃんの指示で各チームが動くけど、どこに誰がいるのかさっぱり分からない。
この通信を全て聞き取って、地図の上に書き写しつつ、リアルタイムで西住ちゃんに伝えている武部ちゃんの能力って、半端ない。

『敵ターンして後退中！　左折したにゃー！』

西住ちゃんは西住ちゃんで、武部ちゃんの情報を元に相手の動きを予測して、次にどの戦車を割り振ればいいか瞬時に判断して、指示を出していくのも凄《すご》い。よく優れたサッカー選手は鳥の視点を持っているなんて言うけど、西住ちゃんも頭の中に戦況図が入っているんだろうなあ。

『包囲しました！』

『そのまま砲撃を続けてください！』

『ウサギさんチーム撃破されました！　反撃でＡＲＬ撃破！』

『今の残り車輌は？』

『各１輌ずつ、アヒルチームそっちに行きます！』

『見えた、先頭ＡＲＬ、中央フラッグ、後方ソミュア！　ふむ、敵キャプテンの場所は分かった。行くよＢＣクイック！』

アヒルさんチームの磯辺ちゃんが敵フラッグ車を見つけて突入する。アヒルさんの戦車は弱いけど、向こうのフラッグ車も似たような性能、一対一ならいい勝負ができるはず！

『はい！』

『そーれ！』

『あれ？』

どうしたんだろう、驚いた声が飛び込んできた。

『こちらアヒル、敵に読まれてました！　ＡＲＬとソミュアに挟まれて身動き取れません！』

あっちゃ――、護衛に捕まったか。向こうも完全にこっちの動きを読み切っているわけではないだろうけど、対応力が凄い。これが本当に弱小校なのか不安になるぐらいだ。

『敵キャプテン消えました！　離脱不能！　いえ、敵キャプテンもここにいます！　集中攻撃を！』

向こうもフラッグ車を囮《おとり》にしてこっちを引き込んだか。多分アヒルさんの前を通る時はいたのが、途中で一旦どこかに隠れたんだろう。それに気が付かないで先行するＡＲＬの後ろに飛び込んだらいなかったとか、そんな感じかな。

『あー れ――――！』

あー、悲鳴だけが聞こえて、直後通信が切れた。

「アヒルさんチームまでやられたぞ、本当に大丈夫なのか！」

「桃ちゃん、静かにして」

パニック状態のかーしまが、運転に集中している小山に怒られた。

『アリクイ、バックスタブにゃー』

『こちらレオポン、敵と並走中！　そちらに追い込みます』

『見つけました！　隊長、天岩戸《あまのいわと》作戦です！』

西住ちゃんからの連絡が入ったのを聞いて、気を取り直したかーしまが慌てて連絡する。

『サメチーム、予定通りそっち行くから合図をしたら動いて！』

『アイアイサー』

『わざと見つかったふりをして引き込むから！』

フラッグ車である我々は、まるであんこうの提灯《ちょうちん》だね。まずは側面から攻撃して向こうの注意を引き付ける。これで撃破できればいいけど、残念ながら向こうはＡＲＬが壁になってるからフラッグ車を倒すのはちょっち無理かな〜。

よし、ここ！　タイミングを読んで指示を出す。

「全速後退！」

主砲を発射した後、砲弾装填中のかーしまを乗り越えて車長席に移動して後方視認用のペリスコープに飛び付く。ハッチから頭を出して周囲を見られないから、本当に周囲の状況が分からない。

後ろを見ながら小山に指示を出す。

『あんこう、前から頭を塞ぎます！』

あんこうチームが滑り込んできてこちらのフォローに入った。

「追って来たよ！」

前を見ている小山からＡＲＬが追って来たとの報告が入った。

こっちは後ろを見ながら曲がるタイミングを指示する。

「よーし、このまま、角を曲がってトレインさせるよ」

砲弾装填が終わったかーしまに、指示を出すように伝える。

「カバさんチーム、宜しく！」

『承った！』

うーん、こっちからは前が見えないから追手との距離が分かんないな。

視界には砲を向けて待ち構えているカバさんチームが見える。あと少し……今だ！

「小山、曲がれ！」

指示通り急旋回。カバさんの直前で横道に飛び込ませた。

だが、エルヴィンちゃんの慌てた声が入ってきた。

『正面、近すぎ！』

『撃て！』

「あちゃー……カバさん、どうやら相打ちの模様です」

小山が渋い声を出した。思ったよりも追手のＡＲＬが接近していて、カバさんと正面衝突のような感じで撃ち合った結果、どちらもやられた、と。

『敵フラッグ車、アリクイさんに向かった！』

ＡＲＬの後ろにいた敵フラッグ車は右折して追って来ないで、左折して脱出した。

だが、そこにはアリクイさんが待ち受けている。

『承ったぴよ。て――――！　あれ、あれれ……』

んん〜、これは外れたかな？

『やられた――』

ああやっぱり、撃破されちゃったか。

『大丈夫です、レオポンさん、そちらに行きました！』

だが、西住ちゃんが完全に後ろから追い詰めている。

『見つけた、チェッカーフラッグ頂き！　撃て！』

ナカジマちゃんが捉えた、ここで行けるか！

『あれ、消えた？』

どうなったの？

『こちらレオポン、ソミュアが自分から突っ込んできてフラッグを守った。但し、ソミュア撃破、残るはフラッグのみ！』

『あんな所にいる！』

『撃て撃て！』

『ダメだ、すばしっこい、そっちに行ったよー』

『了解です』

フラッグ車が思ったよりも鋭い動きで、あんこうに向かったみたい。

……って、それはこっちを追っているってことだね。ここであんこうが撃破して……。

『あんこう抜かれました！　そちらに向かいます！』

あちゃー、西住ちゃん抜かれちゃった。よっぽど向こうのフラッグ車、腕が良いんだね。

『予定通り、逃げる芝居をしながら例の場所に！』

「はいはーい」

だってさ、小山。いい感じに宜しく〜。

「タイミングの指示はお願い」

「ほいほい」

逃げるのはいいけど最大の問題は、ヘッツァーは右側が見えないんだよね。

でも今の位置だと右からＢＣが来るんだ。西住ちゃんからは極力頭を出さないようにって言われてるけど、ここはハッチの僅かな隙間から手鏡を出して右を見る。

来るタイミングだけでいいからこれで十分……って、もう来た！

「来た！」

「はい！」

小山が弾かれたように加速する。

わざとすぎないように、慌てた感じを出しつつ逃げる演技は小山が得意とするところだ。

「サメさん、どうだ！」

かーしまがサメチームに連絡する。

『オッケーでさ、桃さん！』

お銀ちゃんが位置に付いたみたいだ。よし、予定通り引き込むよ。

「次を左、正面からレオポン来るから！」

「レオポン、今だ！」

『了解！』

かーしまがタイミングを見計らって指示を出したが、ワンテンポ遅れたみたいで、レオポンさんの砲撃は外れた。

「レオポン抜かれた、この後例の直線！」

直線に入るが、ここが一番危ない。後方の装甲は角度が付いているとはいえ、僅か20ミリしかない。ルノーFTの主砲が貧弱だとはいえ、新型高速徹甲弾を使用すれば、400メートルで21ミリを抜くから、今の100メートルを切っている状態では当たれば撃破される可能性は高い。

「サメチーム、今だ！」

『ヨーソロー！』

全速で直線に入る。ここは砲撃するのに持って来いの場所だ。

さあ、ついてこい！　撃たれたら終わり、間に合えば勝ちだよ！

通路を通過した瞬間、背後に殺気を感じた。

「撃たれる！」

思わず身を縮めたが、どうやらサメさんチームが背後に滑り込んできたのが間に合った。

割れ鐘のような鈍い轟音が試合会場へと響き渡った後、お銀ちゃんから無線が入る。

『うほっ！』

『桃さん、足止め成功ですぜ！』

良かった、横道で待機してもらっていたサメさんチームが壁になるのに成功した。

天岩戸が閉じて、無事天照大神《あまてらすおおみかみ》が隠れるのに成功した、ってところだね。

『こちらあんこう、レオポンさん包囲をお願いします』

『こちらレオポン、目標確認』

無事岩戸の向こうで、あんこうとレオポンさんが包囲したみたいだ。これでもう大丈夫。

『白旗が上がりました！』

秋山ちゃんの報告が入った。

やれやれ、何とかなったね。働き過ぎて、ちょっと疲れたよ。


『大洗女子学園の勝利！』

審判長の蝶野さんのアナウンスが響き渡った。これで、勝利が確定だ。

それを聞いて、かーしまが飛び上がる。

「やった――――！　あたっ！」

狭いヘッツァーの中で飛び上がれば、当然頭をぶつけるよね。

『さすが桃さん！』

サメさんチームのお銀ちゃんが真っ先にお祝いの言葉を送ってくれる。他のメンバーも歓声を上げているのが聞こえてくる。

しかし、一回戦とは思えないほど苦労した戦いだった。

どこも強くなってきている……というか、勝つのに貪欲になってきている気がする。

これ、今後も一筋縄じゃあ行かないんじゃないかな。

×　×　×

撃破された戦車の回収も終わって、待機所に戻って来た。

今回は大破したのはほとんどないから、修理はそれほど手間取らないんじゃないかな。

BC自由学園は自分たちで回収を行っているみたいだ。回収車輌と人員に余裕があるのはいいね。

うちも連盟の回収に頼らないで、回収要員確保できるようになりたいなあ。

戦車で牽引するのは非常時以外はできるだけ避けるように言われてるし。

あれ、向こうのチームと話しているの……って。

「あ。あれ、大学選抜のアズミさんですね。確かBC出身だったはずですよ」

秋山ちゃんも気が付いたみたいで教えてくれた。やっぱりそうだったか。

……四強と比べたら弱いと言われるような学校でもちゃんと長い戦車道の歴史があって、代々伝統が受け継がれているのが圧倒的な強みなんだ。

学校自体が大会に負けても大学選抜になるほどの選手がいて、指導だって受けられる。

うちは一応蝶野さんが来てくれたけど、指導らしい指導は受けてないからね。

やっぱり人材の層の厚さが桁違いなんだろうな。

何を話しているんだろう。

「アズミ先輩がいらしたときは、ベスト4まで行ってたのに……」

「力不足で申し訳ありません」

えーっと、押田ちゃんと安藤ちゃんだっけ？

そっかー、アズミさんがいた時って、ベスト4に行ったんだ。

ってことは、潜在的に勝つ要素はあったのか。

「協力し合って戦えば、あなたたちも、今の何倍もの力を出すことができるのよ。優勝候補を脅かすことだって不可能じゃない。いえ、優勝だって夢じゃないわ。信頼し合えば、ね」

「おっしゃる通りです、先輩！」

「まずは押田君やマリー様と協力して、チームを立て直すことから始めます！」

「あれ？　そう言えばマリー様は？」

うちのメンバーもいないけど、どうしたのかな。

「このモンブランおいしー」

「ノルマンディーも」

ああ、ウサギさんチームが餌付けされてる。というより、うちのチームのほぼ全メンバーがBC自由学園が用意したテーブルでお菓子を食べている。

「楽しい試合をありがとうございました！」

「こちらこそ、まるで革命が起きたかのような凄い試合だったわ。次は絶対革命鎮圧してあげるけどね」

西住ちゃんがマリー隊長に頭を下げている。マリー隊長も、負けたけど吹っ切れている感じだ。内部生と外部生で争っていたのを一つにしただけでも、十分な成果なのかも。

「マカロンもっと食べてもいいかなっ！」

「もっちろん！　好きなだけお食べなさい！」

「「「「はーい！」」」」

向こうの隊長は陽気だね。あれが隊長のあるべき姿の一つだよ。

負けても遺恨を残さない、勝負が終われば正々堂々お互いを称《たた》えあう。うちのかーしまにも覚えて欲しい姿だね。


「西住隊長」

ん、西住ちゃんの所に、向こうの押田ちゃんと安藤ちゃんが来た。ちなみに隊長はかーしまだけどね。

「あ、えっと、あの、今回はわたし……」

「堂々たる戦いに感謝する」

安藤ちゃんが帽子を脱いで、押田ちゃんと揃って西住ちゃんに深々と頭を下げた。

西住ちゃんが目をぱちくりさせている。

「仲の悪いフリをして欺いたことを悔いている。そんな卑怯《ひきょう》な手を使う相手ではなかったのだと」

「こちらも潜入したのに気付かれているとは思いませんでした。勝手に入り込んですみません」

隣の秋山ちゃんが恐縮している。

「いや、また戦う機会があったら、今度はこちらも真っ向勝負をしたい」

「これからは、我々もチームワークを磨こうと思う」

それを聞いて、西住ちゃんが嬉《うれ》しそうに笑った。これもまた楽しい戦車道だね。

さて、私もケーキもらってくるかな。

確かモンブランの中には、サツマイモを使ったのもあったよね。

第四章

Chapter 4

さーて、大洗《おおあらい》にお帰りだ。

次の試合は知波単《ちはたん》とコアラの森の勝者、戦力的にはどっちが勝ってもおかしくないんだけど、三日後に結果が出るまではゆっくり休むとしますかね〜。

かーしまは運は悪いけど悪運は強いのか、四強のうち三つとは決勝まで当たらないトーナメントになっている。恐らく準決勝は四強の残り一つ、サンダースと当たるのはほぼ間違いない。戦車の数の差が大きくなるのが、ちょっと不安要素かな。決勝は順当に行けば黒森峰《くろもりみね》なんだろうけど、二回戦でプラウダと潰し合いになる可能性もある。

まあ、うちもまず二回戦に勝つ必要があるんだけどさ。

そしてその前にやらなければならない大事なことがある。


「ほら、桃《もも》ちゃん、しっかり手を動かす！」

「AO入試を狙っているんだから、勉強はいらないだろ？」

「桃ちゃん、学校側が欲しいと期待するような人材じゃないとAO入試は受からないから」

「何っ、無限軌道杯で優勝するだけではダメなのか？」

「学習意欲があるかどうか、どうしてもこの大学に入りたい、そして入って何をしたいって明確な目的がないと」

「むむむ、何をしたいって言われても……」

「そのための下調べをしっかりする」

「むむむむむ」

埠頭《ふとう》近くのカフェで小山《こやま》に勉強を教わっているかーしまが煮詰まってしまった。

そう、今やるべきことは、受験勉強！

「まあ悩んでないで、メイプルスイート食べな」

明らかにほっとした顔のかーしまと、まだ何か言いたげな小山が口を開くが、そこにお菓子を突っ込んだ。もぐもぐし始めたので、ノートパソコンを開く。

「さーて、他のみんなは何やってるかな？」

「会長……」

「前！」

「前・会長、こんな時まで仕事しなくても……」

「やっぱ心配じゃん？」

「ダメです」

小山にノートパソコンを取り上げられた。監視カメラで確認しようと思ったのに。

どうせアヒルさんは体育館、カバさんは本屋か幕末博物館辺りで、レオポンさんは街道沿いのカーショップ、アリクイさんは筋トレかゲーム、ウサギさんは新チームのサメさんと遊んでいるか、カモさんチームに見張られているんじゃないかな。

後でそど子に確認すればいいや。

で、あんこうは、さっきは近くにいたから、多分まだこのシーサイドにいると思うんだけど……。

あ、いた。

クレープ食べてるね、寒くないのかなぁ。

ちょっと声は聞こえないけど、冷泉《れいぜい》ちゃんが震えているのが見える。

あれ、でも西住《にしずみ》ちゃんいないね。どこ行ったんだろ。

「西住さんは愛里寿《ありす》さんとボコミュージアム行ったみたい」

小山が申請書類をぴらっと見せてくる。

「あー、ボコミュージアムにはカメラないなあ」

「島田《しまだ》家が買い取って改装しちゃったから」

「それ以前にちょっと距離あるし」

「何の話をしてるのかな？」

「気になる？」

小山に聞くと、小さく頷《うなず》いた。

「愛里寿さんがどこかの学校に入るって噂《うわさ》が前にあったから」

「あー、確かに気になるよね。でも本人の気持ち次第だからなあ、これぱっかりは」

「そうですね……あ、桃ちゃん、手が止まってる。さっきも言ったよね、たとえ戦車道の隊長って実績があっても、他が足りなかったらＡＯ入試通るかは分からないんだからね」

「ええ——！」

小山の厳しい指摘にかーしまが悲鳴を上げた。

まあ、生徒会広報として今までやってきたことだけでもそれなりの実績になると思うけど、やる気を出させるためにも、ここは黙っておこうかな。

×　×　×

学園艦に戻るとそど子から、アヒルさんたちが知波単の人間と会っていたと聞かされた。ん、ちょっとそれは聞き捨てならないね、ちょっと捕まえに行くか。

「磯辺《いそべ》ちゃ〜ん、今日はどこ行ってたの？」

楽しそうな雰囲気の磯辺ちゃんに後ろから抱き着いて、耳元で囁《ささや》くとびっくりして振り向いた。

「あっ、会長」

「だから前、だって」

「あっはい、前会長。今日はですね、知波単の福ちゃんが一回戦突破のお祝いに来てくれたんです」

「福ちゃん？」

「福田《ふくだ》さんです。それで突撃以外の新しい突撃を考えたいので、アイデアが欲しいって」

なるほど、よく分からん。禅問答かな？

「たらし焼きは自由に食べていいんだよ、って教えたらすっごい喜んでいて、アドバイスありがとうって言われちゃいました」

ん、どういうこと？

「福田ちゃんが何て言ったか覚えてる？」

「えっと、アドバイスありがとうございます、って」

「その前」

「え――っと確か、同じでも、自由で一通りじゃない、かな？」

なるほど、それが突撃以外の突撃のアドバイス、自由な突撃、色々な突撃、はてさて、一体何をする気なんだろうね。少なくとも、今までの正面からの突撃一本に便直した知波単学園とは違ったことを模索しているのは分かったけど。

×　×　×

試合の合間も日常は続いている。戦車道は一試合が長い上に、戦車の修理だのなんだのに手間が掛かるので、次の試合まで結構な時間が用意される。

なので、かーしまの勉強を見つつ、生徒会の引継ぎをやっている。

そだ、そろそろあのことも教えておかないと。

「ああ〜そうそう武部《たけべ》ちゃん、コピー用紙切れるから、ちょっと取りに行って」

「あ、はい、倉庫でしょうか？」

「違う違う、ちょっと商店街までお使いに行ってくれる？」

商店街と聞いて、首を傾《かし》げる武部ちゃん。

「業者さんが納品しているんじゃないんですか？」

「そこは、やっぱり地元の商店街を大事にしないとね。まあ、行けば分かるよ」

武部ちゃんが出かけようと立ち上がると、か−しまも気が付いて立ち上がる。

「む、武部が行くのか。なら案内しないとな」

「河嶋《かわしま》先輩、勉強しなくて良いんですか？」

「あそこは私が行かないとダメだからな。ついてこい」

「はぁ……」

か−しまに引っ張られるように武部ちゃんも生徒会室を出て行った。

「あの……」

秋山《あきやま》ちゃんが心配そうにこっちを見ている。どうやら他のあんこうの面々も気にしているようだ。

「まあ、まだ引継ぎが残ってたな〜と思って。変なとこじゃないから、戻って来たら聞いてみるといいよ」

「はぁ」

×　×　×

「ただいま〜」

「あ、武部殿お疲れさまでした。結構時間掛かってましたね」

武部ちゃんがかーしまとコピー用紙を持って帰って来たのを、秋山ちゃんが出迎える。

「あのね、コピー紙取りに行った文房具屋さん、河嶋先輩の実家だったの」

「それって利益供与では？」

ちょっと疲れた顔の武部ちゃんが説明すると、五十鈴《いすず》ちゃんが鋭く指摘する。

「いや、大口は別で、急ぎで足りない時に買いに行くぐらいなんだって」

「「あ――――」」

新生徒会の面々はそれだけで、なんとなく理解したようだ。

うん、かーしまの家は学園指定業者ではあるんだけど、本当に小規模な町の文房具屋さんで、自前で輸送艦や輸送ヘリを持ってるような大手には敵《かな》わない。というか、かーしまの店自体がそういった大手から納品してもらっているから、最初から勝ち目はない。

しかもお母さんが病弱だから、規模を大きくするわけにもいかないし。

かーしま本人も家の手伝いと兄弟姉妹の面倒を見るので手一杯で、勉強をする暇もない……わけじゃないけど、なかなか勉強が手に付かないのは事実だ。

だから生徒会室とかで少しでも勉強を見ていたんだけど、何というか要領と運が悪い。そして責任感が強いから生徒会の仕事を頑張り過ぎて、要領が悪い分作業が手間取って勉強の時間が減っていく。人に任せればいい仕事も、全部自分で抱え込んじゃうんだよね。

生徒会の下部組織とかクラス委員に任せればいいことだって自分でやろうとするのが悪い癖だ。

何度言ってもそれは変わらない。

上に立つ人間は報告書に常に目を通し、読み取れる現状と変化と問題点を把握しつつ、責任は自分で引き受け、他の人間がのびのびと働ける環境を作って、問題点があれば助言できる体制を作るようにしなければ、人材は育たない。

全部自分で抱え込んでしまったら、何かトラブルが起きた時、スケジュールどころか下手をすると仕事全体が崩壊してしまう。部下に多少能力がないと思っても我慢して任せて、更になぜできないのかを助言するのがトップの役割だ。

幸い、自分には小山という情報処理能力に長《た》けた補佐が付いていた。彼女に任せていれば、生徒会下部組織、各委員会、事務局、各クラス委員などから上がってくる定期報告書を要約してくれる。

なので、少しでも問題の兆候があればそれぞれの委員会を呼んで確認、必要なら対策を講じれば大体はトラブルの目を未然に防ぐことができた。

それでもなんともならなかったのが廃校対策だったんだけどね。

いやーあの時は働いた働いた、多分一生分ぐらい働いた気がするよ。

だから、この後はもう働かなくていいよね。

ダメかな。

大学ぐらい責任から逃れて、ダラダラしながら好きな本を読んで、干し芋作ってたいな。


ま、それもこの試合が終われば、後は全部新生徒会にお任せだ。

新会長の五十鈴ちゃんは、見込んだ通り肝が据わっているし集中力もあるし、それでいながらマイペースな所があって、自分の意見をしっかり持っていて、礼儀正しいけどはっきりと物を言うから、もうちょっと肩の力を抜けばいうことなしだね。

安心して任せられるよ。


「あれじゃ私立の大学に行くのは大変だなぁ……」

武部ちゃんが大きなため息をついた。

「そんなに大変なんですか？」

武部ちゃんがかーしまの実家の話をすると、五十鈴ちゃんが難しい顔になる。

「それじゃあやっぱり国立の推薦を勝ち取らないとですね」

「そうだね。河嶋先輩には会長たちと同じ大学に行ってほしいし」

「行くとこなくて、留年されても困るし」

冷泉ちゃん辛辣～まあ、浪人はするかもしれないけど、留年はしないと思うよ。

「そのためにもがんばって勝ち抜きましょう！」

いいね、いいね、秋山ちゃん気合入ってるよ。


ん、電話だ。

「は～いもしもし、角谷《かどたに》です。……はい？　……わかりました。ありがとうございます」

「何？」

小山が心配そうに聞いてきた。

「連盟からだ。西住ちゃんを呼んでくれ」


程なくして心配そうな顔の西住ちゃんがやってきた。過去に生徒会室に呼び出された時は大体ろくでもない案件ばっかりだから、気持ちは分からなくもないけど、今日は違うよ。

「何でしょうか？」

「二回戦の相手が決まった」

「どこです!?」

「知波単学園だ。コアラの森学園を破ったらしい」

意外な内容に、みんな驚いている。

「まぁ」

「へー」

「ほー」

「知波単が……」

「知波単学園が一回戦を突破するなんて、久しぶりですね」

「一度だけベスト4に出たことあるらしいけど」

「ああ、有名な突撃だけで勝った時ですね」

武部ちゃんが過去のデータを確認すると、秋山ちゃんがフォローする。

「しかしまぁ、突撃するしか能のない学校だ。二回戦はもらったな」

かーしまが余裕の表情を浮かべるのに対して、西住ちゃんが首を左右に振った。

「いえ……油断は禁物です。BCの時もそうでした」

「そうだったな、すまない。慢心せず全力で戦おう」

そうそう、獅子《しし》は兎《うさぎ》を搏《う》つに全力を用《もち》うって言うでしょ。うちはしかも獅子じゃやなく、狩られる方のウサギさんなんだから、むしろ窮鼠《きゅうそ》猫を噛《か》むの精神で今まで何とかなってきたんだし、慢心とかしちゃだめだよ。

常に全力、しかも今度は相手も油断しないで最初から全力でぶつかってくるはずだから。

何か考え込んでいた秋山ちゃんが、口を開く。

「他の学校はどうだったんでしょうか？」

「あっ、気になる〜」

武部ちゃんの声に合わせたようにタイミング良くノックの音がした。予定通りだね。

「ちわーっす、まいど三河屋《みかわや》っすー」

「今日は何かいい物入った？」

「へい、撮れ立てほやほやのアレが揃《そろ》ってますぜ」

赤い腕章をつけたお下げにメガネの少女が、怪しげな揉《も》み手《で》をしながら、肩から下げたバッグの中を漁《あさ》っている。

「あの、王大河《おうたいが》さんですよね、何ですか三河屋って」

その不審な様子に武部ちゃんが間髪を容《い》れずに突っ込んだ。そっか、せっかくだから新生徒会にも教えておこうか。放送部や新聞部が「影の部隊」として偵察活動を行っているって。

ほら、高校野球とかのスポーツでも強豪私立校になると対戦相手の情報収集を専門に行う部隊があるでしょ。あれと同じ。

映像を撮るカメラ班や動きを記録するスコア班だけじゃなく、誰が流れを作るか、ピンチやチャンスに強い、あるいは弱いのは誰か、チームのムードメーカーは誰か、車輛《しゃりょう》の癖とかはあるか、そういった情報を試合の中で集めて作戦室の解析班に渡して分析してもらっているんだ。

これも秋山ちゃんが、相手の学校に潜入して情報を集めてくれたのを見て思いついたんだけどね。

西住ちゃんに聞いたら、少なくとも黒森峰以下ベスト4常連校はずっとやっていて、データの蓄積も膨大で、特に聖《セント》グロリアーナは情報収集と分析がとても得意なんだって。

集めた分析結果を元に、次の試合で参加する戦車や乗員を決めたり、作戦を考えたりするそうだ。

夏の大会で大洗が勝てた理由の一つも、他校に大洗の情報が全くなくて対策が立てられなかったからじゃないかって、秋山ちゃんと西住ちゃんが言ってたな。聖グロリアーナのメンバーがちょくちょく観戦に来ているのは、情報収集もあるのかな。

だから、エキシビションマッチとか大学選抜戦でも、うちの情報を少しでも集めたくて積極的に協力してくれた可能性だってある。まあ友情の方が多いとは思いたいけど。

多分、今回はどこも大洗《うち》対策をしてくると思うんだよね。なんだろ、ゲームだとガンメタ張るとかって言うんだっけ？

今回は、どう対応するかを考えるのはうちらじゃなくて、西住ちゃんたち新生徒会だから少しでもこの情報を有効活用してもらわないと。

「これはね……」

さっそく各試合場に送り込んだ放送部の子たちが撮影してきた各試合の様子を流す。

秋山ちゃんのような本格的なテロップや編集は全くない、撮ったままのほぼ素の映像だ。

他の学校ほど本格的な映像班じゃなく、大部分はメインスタンド近辺で見られる映像を録画してきただけなんだけど。それでも、公式映像は上空からの俯瞰《ふかん》や要所要所に配置したカメラやドローンを駆使しているのに加えて、リアルタイムテレメトリー、撃破情報などを表示するから、大体の戦況や動きは下手に近くで見ているよりも分かりやすい。

最近はカメラが小型化したことで、一部の車輌にカメラを乗せたりもするし、プロリーグでは車長にアクションカメラを装着させるコマンダーズアイ映像なんてのも出ているとか。更には砲弾にカメラを仕込む技術まで登場したなんて聞いたけど、さすがに全部の砲弾には無理なので使いどころが難しいって『月刊戦車道』に書いてあったっけ。


「あ、エリカさん」

画面に映った試合前の隊長インタビューに西住ちゃんが反応した。

『私たちは西住隊長が成し遂げようとして成し得なかった新たな黒森峰女学園を目指し、日々訓練に勤《いそ》しんでいます。より深く西住流を学ぶことによって、決して乱れず、走攻守の全てを兼ね備えた戦い方を目指します』

「ほほう、新たな黒森峰ですか。西住殿」

「うん、前にちょっと聞いたんだけど、色々試しているみたい」

「西住流は機動力と相互連携を生かした高速戦闘が本流ですもんね」

秋山ちゃんが言った西住流の本流って、それ今の大洗の戦い方じゃない？

優秀な司令塔からの指示に従って、各チームがある程度独自の判断で動きつつ連携をきっちりやって、常に動き続けて相手の隙を誘ってできた弱点を集中して叩《たた》く。うちは数でも戦車でも劣っている以上、正面からの撃ち合いは向いてない。

対して映し出されたのは、マジノ女学院のエクレール隊長か。初戦で黒森峰に当たるとは運が悪いというかなんというか。

『戦車の性能では確かに私たちは劣っているかもしれませんわ。ですが、夏の大会で戦車道は戦車の性能だけではないことが証明されました。強豪黒森峰といえど、隊長が抜けた今、付け入る隙は十分にあります。その隙を十全に読み取り、足を使い頭を使うことでこの勝負、勝ちを引き寄せてみせます』

「足と頭を使う、ってまるで黒森峰に無いような言い方ですね」

「ああ、うん、今まではね、ちょっとね……」

五十鈴ちゃんの言葉に、西住ちゃんがちょっと遠い目をしている。

「でもマジノって伝統的に防御戦術偏重主義じゃなかったでしたっけ」

「防御戦術って？」

秋山ちゃんの説明に、武部ちゃんが基本的なことを質問してくる。

「あ、はい。基本的にマジノが使っている戦車はあまり機動力も攻撃力も高くないんですよ。カモさんチームと同じ戦車が主力ですし、じっくり守って相手の隙を突く感じです」

「それじゃあ勝てなくない？」

「でもBCも新しい戦車入れてきたように、噂では、マジノも騎兵戦車による密集一斉機と思うけど、他の学校相手だったら違うのかな。

そうだね、一斉機動突撃なんて黒森峰に遠距離から撃破してくれって言うようなものだし」

「突撃って、知波単じゃあるまいし」

動突撃を取り入れたとか」


試合結果は言うまでも無かった。意外とマジノの練度が高くて、序盤は黒森峰を翻弄したけど、新隊長の落ち着いた指示で統率の取れた攻撃を行って、遠距離から砲力で圧倒。

やっぱり黒森峰は強い。正攻法で勝つのはとても難しい。

状況次第ではまだまだ弱点もあるから、うちが勝つとしたら、やっぱりそこを突くしかないんだろうけど、対策されるよね。西住ちゃんじゃなくかーしまが隊長なのが上手《うま》く活《い》かせるといいな。

西住流じゃない奇策とか、向こうが思いもよらぬ手を考えて……って、無理かなあ。

「あ、両校のインタビューですよ！」

どれどれ。お、レポーターが質問してる。確かレポーターって、昔の戦車道での凄《すご》い選手だって聞いたけど、どんな人なんだろ。

『はい、黒森峰女学園の新隊長、逸見《いつみ》エリカさんをお呼びしております。一回戦見事な勝利、おめでとうございます』

『ありがとうございます。でも我々としては一回戦程度、勝利しなくては先輩方に面目が立ちませんので』

『なるほど、常勝を謳《うた》われたチームを率いた今のお気持ちは？』

『今回の試合は私たちが今やるべきことを実践する場でした。新体制を固めるために基本に忠実に、それでいて王者の戦いをすることです。これは西住隊長、いえ前隊長から強く言われたことですが、「如何《いか》なる時も相手を侮らず、慎重かつ細心に状況を把握し、攻めると決めた時は一心不乱に烈火のごとく攻撃すべし」と』

『はい、ありがとうございました。次は惜しくも敗退したマジノ女学院のエクレール隊長です。今回は残念でしたね』

『序盤の作戦はうまくいったと思いました。新体制の経験の浅さを突破口にしようと思いましたが、やはり西住流新隊長の統率力は素晴らしかったですわ。中盤以降は何もできず、完敗です』

『ありがとうございました。一回戦第五試合、黒森峰女学園対マジノ女学院の対戦をお送り致しました』

「圧倒的だったね」

「機動力を使うまでもなく、普通に平押しで勝てた感じです」

「明らかに新しい戦術のテストをやっていますね。まだ慣れてない部分もありましたけど、強敵になるんじゃないでしょうか」

「まず戦車で勝てないのに、戦術が互角になったら厳しいかも」

奇策や奇襲に弱いのが黒森峰という印象だったんだけど、しっかり偵察して、敵を発見したら一先《ひとま》ず引いてから隊列を組んで集中攻撃とは、面倒な相手になったね。

「次はどこ？」

感想を言い合っている間に、映像が切り替わる。

『相手が新型戦車を入れたって、しょせんこのカチューシャの敵じゃないわ。私たちの目標は優勝ただ一つ。「スチームローラー」のように立ち塞がるもの全てを蹂躙《じゅうりん》して、ペリメニの中身みたいにぐっちゃんぐっちゃんにひき潰して、栄光の頂点に我らがプラウダの旗を立ててるんだから！』

「ああ……」

言うまでもない、今の台詞《せりふ》を聞いただけで分かる。プラウダ高校だ。でも、プラウダはまだ隊長変えてないんだね。抽選会の時には、留学するって聞いたんだけど。

「夏の再現ですか、ちょっとヴァイキング水産が可哀想《かわいそう》です」

夏の全国大会二回戦でもプラウダ高校とヴァイキング水産高校は対戦していて、圧倒的な差でプラウダが勝利している。というか、昔から割と因縁のある対戦じゃなかったかな。

「あ、新しい戦車いますよ」

目敏《めざと》く秋山ちゃんが並んでいる戦車に気が付いた。確かに前面に鋭い傾斜が付いた車体に丸っこい砲塔の戦車が見える。砲塔はアメリカっぽいね。

「何か強そうじゃん？」

「あれはM24チャーフィー軽戦車です」

「え、あれで軽戦車なんですか？」

静かに見ていた五十鈴ちゃんもちょっと驚いている。

「シュッとしてて、プラウダのT－34にも負けてなさそうな感じなのに」

「主砲は75ミリですし機動力もあるんですが、装甲がスカスカなんです」

「スカスカって、アヒルさんチームぐらい？」

「いえ、さすがにあれよりは……」

「じゃあ、結構強いんじゃない？」

「そうでしょうか？　いや、そうかも……」

武部ちゃんの質問に秋山ちゃんが悩んでいる。そうだよね、戦車って装甲も重要な要素だけど、そうなると機動力が落ちちゃう。軽戦車は装甲を犠牲にして機動力を上げた、いわば「当たらなければどうということはない」を体現している、むしろ「当たったら終わり」な戦車だ。

戦車マニアの秋山ちゃんとしては、走攻守の全てにバランスが取れた戦車が望ましいんだろうけど、そんなのはどうしても奪い合いになって、値段も吊《つ》り上《あ》がる。

多分ヴァイキング水産は、予算と入手しやすさのバランスの中で最大の効果を求めて軽戦車を選んだんだろう。これ、真面目に勝つつもりで戦力強化してきたんじゃないかな。

こんな所でも、各校が真面目に対策をしてきたのが分かる。

くじ運は悪かったみたいだけど。

「あれはどこの戦車？」

「チャーフィーはアメリカですね。多分サンダースからレンタルでもしたんじゃないでしょうか」

「チャーフィー4輌《りょう》にⅢ号戦車J型も4輌ありますから、結構な戦力になりますよ。ひょっとしたらうちといい勝負かもしれません」

「え、そんなに？」

武部ちゃんが秋山ちゃんに質問して、メモを取っている。実に真面目だ。

「ただまあ、やっぱりプラウダ相手にはちょっと戦力が足りませんね」

「えー、でもうちは前に勝てたじゃない」

「うちはなんだかんだ言って戦力揃ってますから」

そうなのだ。

実は大洗、戦車パワーランキングでは結構上位だ。高校戦車道中、最強戦車砲の一つである88ミリ砲を装備したレオポンさんチームに加え、そこまで行かなくとも通常の戦車に対しては有効な長砲身75ミリ砲を装備した戦車が3輌もいる。性能は劣るけど、ウサギさん、カモさん、アリクイさんも75ミリ砲装備で、アヒルさんとサメさん以外は結構な砲力がある。実は個々の砲力だけで言えば、聖グロリアーナよりも上だし、ひょっとするとサンダースよりも上かもしれない。

パワーランキングで圧倒的な上位は黒森峰とプラウダ、その下に聖グロリアーナやサンダース、次いでヨーグルト学園と共にわが校が付けている。戦車の数が少ないのがランキングを下げている理由で、75ミリ砲装備の戦車をどれだけ揃えられるかが高校戦車道では重要な要素の一つだ、と秋山ちゃんが言ってた。

多分、ヴァイキング水産はそれでチャーフィーを入れたんだろう。操縦も楽で機動力があって、しかも主砲はサンダースの主力であるシャーマンとほぼ同じ。装甲以外は完璧だ。うちでも欲しいぐらい。

「プラウダはいつもの通りですね」

走攻守のバランスが取れたT－34系列が大部分なのに加えて、ノンナ副隊長が乗る攻撃の要である122ミリ砲装備のIS－2と、152ミリ砲を装備して夏のヴァイキング水産戦で建物を吹き飛ばすのに活躍したKV－2が1輌ずつと、実に隙のない布陣だ。

ヴァイキングが新しい戦車を入れても、プラウダの鉄壁の布陣を相手にするのは難しい。当然ながら試合展開も、地形を利用して消極的な守りに入ったヴァイキングに対し、速攻で強襲したプラウダが圧勝した。

結果を見て秋山ちゃんが感心している。

「プラウダは搦《から》め手《て》から攻めるのが得意ですね」

「正面から圧倒的な戦力で叩き潰す黒森峰をどうやって攻略するか、それが重要なドクトリンだったから」

西住ちゃんが実感の籠った解説をすると、武部ちゃんが首を傾げた。

「ドクトリンってなに？」

「えっと、基本原則のことですが、戦車道としては戦闘教義、つまりチームがどの学校を仮想敵にしてどのような思想の下に戦車を揃えて、如何にして戦うかを定めた指針です」

「ああ、サンダースが正々堂々スポーツマンシップに則《のっと》りつつ、映《ば》えを意識するみたいな」

「まさにそれです」

『はい、勝者となったプラウダ高校のカチューシャ隊長の勝利者インタビューです』

『だから言ったでしょう？　私たちの前に敵はいないって。まぁ、正面から踏み潰すのもいいけど、私たちにだって色々試してみたいことはあるわ。だからこそ、それを試せる時に試して単なる力押しなんて間抜けなことはしないわよ。ちょっとそこ、今なんて言ったの！　ちゃんと日本語で話しなさいよ』

プラウダの圧勝にヴァイキング水産の生徒たちは落ち込んでいるのか、インタビューにも姿を現していない。その間に次の映像へと切り替わった。

「今度はサンダース戦ですか。相手は、青師団《あおしだん》高校ですね」

「青師団って、どんな学校なの？」

「スペイン系の学校ですが、Ⅳ号H型とⅢ号突撃砲G型が主力です」

「えっ、あんこうとカバさんの戦車？　それって結構強くない？」

「いやまぁ、それぞれ1輌だけなので」

「じゃあ他は？」

「他は、まぁⅠ号とかⅡ号とかＣＶ35とか……」

「あれは？」

「おお、珍しい、ベルデハ２ですよ！」

秋山ちゃんが興奮している。本人も言っているけど、珍しい戦車らしい。

「何それ」

「ベルデハ２はスペインが自主開発した戦車で、試作まででで放置されていたんですが、戦車道用に後に量産されたんですよ。でも国内で見たのは初めてです！」

ふーん、やっぱりどこも戦力の強化をしているんだねぇ。

「サンダースはいつも通りシャーマン軍団ですね」

確かに画面にはずらっとシャーマンが綺麗《きれい》な隊列を組んでいるのが見える。

「これはまぁ、青師団には悪いですけどサンダースの圧勝でしょうね」

「どうして？」

「青師団の戦車でサンダースに対抗できるのは、Ⅳ号とⅢ突だけなんですよ。サンダースは当然最初に狙ってくるでしょうから、後は足でどこまで稼げるかですね」

「あー、ケイ隊長とナオミさん相手にそれは厳しいね」

「ナオミさんは高校戦車道砲手ランキングトップクラスですから」

「ケイ隊長のインタビューですよ」

『どんな試合でも私たちは全力を尽くす、だってその方がエキサイティングじゃない！　楽しくなければ戦車道じゃない。今回の相手は情熱的だってことだから、私たちも熱くいくわよ！』

「何かカッコイイね」

「お、青師団のエル隊長も出てきました」

「なんか、凄い野太い歓声が響いているんだけど」

「青師団は男性ファンが多いんですよ」

「あー、うん、何となく分かる気がする」

健康的なお色気に溢《あふ》れた制服だもんね。

『相手が厳しいけど、強豪に決して勝てないわけじゃないのは大洗が証明したし、アタシたちの武器の足を生かして徹底的に撹乱《かくらん》するわ。速度と機動力ならアタシたちの方が上、チームワークだって負けてないし、決して諦めない試合運びが勝利を呼び込むの！　オーレ！』

エル隊長のインタビューが終わると、映像が切り替わり試合が始まった。

とはいえ、序盤でサンダース最強、いや高校戦車道でも屈指の砲手であるナオミちゃんが高地に陣取った瞬間、勝負は決まったようなものだった。

青師団の大部分の戦車は、接近できない限りサンダースの装甲を抜けないのだから。

順当にサンダースが勝利して、恐らく次の次の試合の相手になるんだろうな。

『良い試合だったわ。最初の遠距離砲撃戦は狙い通り、ナオミがしっかりと応えてくれたわ、さすがね。アリサたちも確実に相手を追い詰めてくれたし、チームの調子は最高よ。二回戦が楽しみだわ！』

ケイ隊長のインタビューが流れている。

綺麗に作戦が嵌《はま》ったのと、戦力差をきちんと生かした勝利ってことかな。

『はい、それでは惜しくも敗れた青師団高校、エル隊長です』

カメラが切り替わった瞬間、物凄《ものすご》い歓声が沸き起こっている。

『何よあの砲撃、こっちが撃つ前に主力が全滅しちゃったら、もうどうしようもないじゃない。後は速度で掻き乱して前に出てきたフラッグ車と刺し違えるしかないと思ったのに、近付くのさえできないなんて、完全にワンサイドゲームだわ。見てなさい、次はもっと腕を磨いて今度こそリベンジするわよ！』

「あれはエル隊長の言う通り、近寄れなかった時点で勝負ありでしたね。地形も運が悪かったと思います。もっと見通しの悪い所ならやりようもあったんでしょうけど」

秋山ちゃんの感想で、うちならどうするのかちょっと気になった。

「西住ちゃんだったらどうする？」

「えっ、わたしですか……やっぱりこそこそ作戦でしょうか」

「こっそり近付いてフラッグ車撃破？」

「はい」

横でかーしまがキリキリしている。そろそろ我慢ができなくなったかな。

「おい、そろそろ知波単の試合じゃないのか？」


次は、聖グロリアーナ対ワッフル学院、ここも戦力格差が大きい試合になっている。

やはり、ある程度の戦車を揃えるのが序盤では有効だね。

と思ったら、ワッフル側に新戦車がいるのが見える。武部ちゃんが早速気にしている。

「って、シャーマンがいるじゃん」

「おっ、珍しいですね。あれは105ミリ砲を搭載したタイプですよ！」

「105ミリって凄いんじゃない？」

「いえ、あれは榴弾《りゅうだん》砲なんで初速が遅く、また徹甲弾がないんです。それでもM67成形炸《さく》薬《やく》弾を使用すれば、大体100ミリの装甲を抜けるので、側面からならチャーチルも撃破可能です。まあ、当たればですが」

「どうやって入手したのかな」

「主砲以外は普通のシャーマンですから、砲を変えればかなりの戦力になりますよ」

秋山ちゃんの説明を聞きながら、西住ちゃんが難しい顔をしている。

「……やっぱりどこの学校も戦力強化に余念がない」

そうだね、戦車道復活させたばかりのうちの学校が勝つのを見たら、初戦敗退だった学校も何とかなるんじゃないかって思っちゃうだろうし。特に軽戦車や豆戦車しか持っていない学校だって、中戦車クラスを入手すれば、もしくは75ミリクラスの砲を手に入れればひょっとしたら、って考えてもおかしくない。

画面ではダージリンのインタビューが流れている。

『こんな格言を知っている？　「事態は悪くなるけど、忍耐し我慢しさえすれば、やがて良くなると疑わない」。今回の試合会場はそんな状態よ。私たちの足が遅い戦車では有利な位置を取るのが難しい。でも、向こうの砲力も貧弱だから、我々の装甲を生かしてじっくりと締め上げていけば負けることはないわ』

その言葉通り、序盤はワッフルの撹乱で多少混乱したが、装甲を生かして我慢した聖グロリアーナ側が相手を徐々に削って、戦力が揃った所で壊滅させて試合は終わった。

『「私は北極星のように動じない」。今回の勝因はただ一つ、戦力で勝《まさ》っている以上、決して慌てず動じず、最初に決めた方針を徹底し、目標を叩くのに専念したこと。臨機応変も必要だけれども、王道と正攻法で勝てる時に奇策は必要ないわ。決してティーカップの紅茶を揺るがさず、一歩一歩優雅に進み、着実に倒す。今回はそれだけよ』

ダージリンも余裕綽々《よゆうしゃくしゃく》でインタビューに答えている。対聖グロリアーナ戦は、いかにしてその王道を崩すか、ダージリンを動揺させるか、その一点に掛かっている。しかもかなりの数の試合を観戦しているから、対戦相手の手の内は結構読まれている。

この先当たることになったとしたら、苦戦するのは目に見えている。

「知波単の試合はまだなのか！」

またかーしまがキリキリしているけど、残念ながらまた別な試合が映っている。

今度は継続《けいぞく》高校対ヨーグルト学園だ。ヨーグルト学園は、パンター、Ⅳ号、三突、ヘッツァー、38（t）とドイツ戦車揃いで、うちよりも統一感も戦力もある感じ。

「ヨーグルトの方が強いですが、これ、いい試合かもしれません。ヨーグルトは正面から撃ち合うのを好んで、プチ黒森峰感があります。それに対して継続は神出鬼没な奇襲作戦が得意ですので、会場と作戦次第でしょうか」

秋山ちゃんの言う通り、優秀な戦力対奇策の勝負で、結構勉強になる試合かもしれない。

『戦車道に大切なのは、全乗員が自分のやりたいことを知っているってことだよ。そして一度決めたら最後までやり抜く、途中で投げ出してはいけない、それが先に進むには必要なんだ。みんなと同じことをするのは簡単さ、でも自分のやりたいことを大事にする、それが先に進むことだとは思わないかい？』

ミカ隊長のインタビューが流れているが、うーん、相変わらず良く分かるようで良く分からない内容だね。

『夏の大会では新しく導入した車輌に慣れていなかったため、守りを重視した戦いになってしまいました。それ以降私たちは習熟に専念し、今では手足のように乗りこなせるようになったと思います。新生ヨーグルト学園は、四強にも負けない、いえ互角に戦えるように努力してきました！』

一方のヨーグルトの隊長は、あれだけの戦車を揃えたんだし、結構な自信がありそう。しかも試合会場は砂漠地帯で、これは暑さに弱い継続は不利だね。まあ、継続はサウナ好きだっていうから、ひょっとしたら平気かもしれないけど。

試合展開は予想外に、序盤は足を止めての遠距離からの正面殴り合いになった。

当然それは継続側の囮《おとり》で、その間にミカ隊長のＢＴ－42が背後に回ってヨーグルトのフラッグ車を直接攻撃。すれ違いざまの捨て身の攻撃で撃破して勝利した。

継続相手は手の内の読み合い、奇策と奇策のぶつかり合いになりそうで、ちょっとやっかいだね。神出鬼没のゲリラ戦と驚異的な命中率の砲撃にどう対抗するか、考え所かな。

『心が繋《つな》がった仲間との絆《きずな》は、ルビーよりも美しい輝きだとは思わないかい？　みんなと同じこととするのは容易《たやす》いよ。でもそれは私たちの戦術ではない。たとえそれがみんなが見ている戦術だとしても、相手が思い通りにならないとしても、仲間を信じて誰もが思わないことをする。それが私たちだけの戦術だよ』

ミカ隊長のインタビューが流れているけど、やっぱり意味が分からない。

対するヨーグルトの隊長は悔しそうだ。

『まだ訓練が足りませんでした。確かに戦車には慣れて、砲撃も十分な訓練を積んだつもりでした。ですが、正面から殴り合えば戦車で勝っている私たちは勝てると思い込み、まんまと相手の罠《わな》にはまってしまいました。思い通りになっている、その時こそが危険だと常々言われていたのに。次こそは雪辱を果たしてみせます』
こうやって、また強くなる学校が増えるのかなあ。

「今度こそ知波単だろうな？」

『はい、無限軌道杯一回戦もついに最終戦、アンツィオ高校対ボンプル高校の対戦となりました。解説の蝶野《ちょうの》さん、今回の対戦の見所はどこになるでしょうか』

「最終戦って、知波単はどうなったんだ――――！」

かーしまがまた切れた。

『そうですね、両校とも豆戦車や軽戦車主体の超機動性特化型でした。ですが、今回はアンツィオサイドにはアレがあります』

『アレとは？』

『アンツィオの秘密兵器、Ｐ40重戦車です！』

色々あって壊れたＰ40がまともに走っている。これでアンツィオも他の学校に対抗可能な戦車を運用できるようになった。とはいえ、たった一輌でまだちょっと戦力不足だね。

『それでは、両校の隊長のインタビューをお送り致します。まずはアンツィオ高校のアンチョビ隊長、どうぞ』

『はい、宜《よろ》しくお願いします。我々アンツィオは決して弱くありません、いや、強い！

わが校悲願の重戦車P40が万全な状態の今、恐れるものなど……結構あるけど、いや、恐れるな、前に進め、勝利を目指して！　まぁ今回は珍しく我々が戦力で勝っている以上、隊員が言うことを聞いてくれれば決して負けるはずはないんだよなあ』

『ありがとうございました。続いてボンプル高校サイドから、マイコ隊長です』

『ジェン・ドブリィ《こんにちは》。確かに私たちの戦車は確かに劣っています。今回戦力分析を行っても、勝率は三割に満たないでしょう。ですが、我らが伝統の有翼重騎兵《フサリア》は、過去に何度となく同様の勝率から逆転勝利をおさめてきました。勝負は戦車の性能だけではなく、中の人間も含めて決まるのです』

戦車はちょっとだけアンツィオ有利、乗員だって、決してアンツィオも劣っていない。

試合会場は石造りの市街地みたいだ。これは視界が悪いから近距離での遭遇戦になるね。

でもアンチョビの指示を他のメンバーが聞くかどうか、そこが怪しいんだよ。

ほら、予想通りペパロニちゃんがすっ飛んで行った。

ボンプルも豆戦車が高速で動き回って実に目まぐるしい試合になっている。

最後はお互いのフラッグ車に攻撃を集中、やはり戦力で上回るアンツィオが勝利した。

物凄いドゥーチェコールの中、アンチョビのインタビューが流れている。とても嬉《うれ》しそうだ。

『やった、勝ったぞ。誰もケガしなかったし、遅刻も寝坊もなく、戦車も壊されなかった！　完璧な勝利だ！　そりゃあちょっとは言う事を聞かないで勝手に走って行ったりもしたけど、あいつらが頭を使うことを覚えたんだぞ！　今日はごちそうだな。私が鉄板ナポリタンを全員に作ってやろうじゃないか！』

一方、負けた方のマイコ隊長は実に悔しそうだ。

『完敗ね。ええ、何をやってもどんなに鍛えたって、相手の装甲を抜けなければ意味がないわ。硬い装甲に卵をぶつけるような戦いじゃあ、みんなが可哀想。結局、戦車の戦力の差が勝負を分けるのよ。戦車戦車戦車、ねえ、どこかに強い戦車ないかしら？　ＰＴ－91でも良いんだけど。やっぱりＴ－34かヘッツァー、導入するしかないのかしら？』

うーん、やっぱりどこのチームも補強を考えているのか～。これじゃあ、戦車の入手はますます難しくなっちゃうね。歴史と資金力がある所がやっぱり強い。毎回毎回奇策で勝てるような相手じゃないし、むしろうちが奇策で狙われる方になっちゃったよねぇ。


「おい、知波単の試合はまだなのか！」

「桃ちゃん、落ち着いて。他の試合を見るのも必要なんだから」

「それは分かるが……」

切れそうなかーしまが小山にたしなめられている。

対してあんこうチームは冷静に戦力分析の真っ最中だ。

「コアラの森と知波単って、戦力的にはどうなの？」

「戦車だけなら、大体コアラが知波単の１・５倍ぐらい強い感じでしょうか」

「へぇ、そうなんだ」

「知波単が新しい戦車入れたとかはないの？」

「他の学校も入れてますから、ないとは言えないですね」

「どんなのかな？」

「一番ありそうなのは、アリクイさんの三式中戦車と同じ砲を、チハに搭載した三式砲戦車でしょうか。これならコアラの主力のセンチネルを、正面から１０００メートルで抜けますし」

「砲戦車、って何？」

「戦車部隊に同行する大口径砲を搭載した支援用戦車です。Ⅲ号戦車に対するⅣ号戦車みたいな感じですね」

「まあ、良く分かんないけど、強くなるのね？　全部それになってるとか？」

「多分それは無いと思います」

「どうして？」

「重量が増えて機動力が落ちるから、知波単の突撃戦術には向かないんですよ」

「ああ、なるほど」

「もし三式砲戦車があったら、正面から遠距離射撃している間に他の車輌が突撃して肉薄、フラッグ車を集中して狙う作戦を取るんじゃないでしょうか。そうやって勝ったのかもしれません」

「コアラって強いの？」

「知波単の車輌だと、コアラの主力のセンチネル巡航戦車を２００メートルまで接近しても正面から撃破するのは難しいと思います。ウサギさんと同じＭ３中戦車も配備されていて、こっち相手でも苦戦するでしょうし」

「でも、知波単が勝ったんでしょ？」

「なので新戦車を入れたのかなと」

「ま、何があったのか見てみましょう」


両校のインタビューには間に合わなかったようだ。いきなり地形紹介が流れている。

「あー、これは砂漠っぽいうねった地形で、遠距離砲戦には向いてませんね」

「コアラも吶喊《とつかん》精神に溢れた学校と聞きますし、突撃合戦で、混戦になったんでしょうか」

赤い荒地に低木がまばらにあるだけで、見通し自体はいいんだけど、波のようになった地面が続いているから、低い所に入られると見えなくなる。でも正面突撃したら丘の上に出た所で撃たれる。

「あ、あれ、今本物のコアラ映らなかった？」

「いましたね！」

えっ、コアラの隊長って、本物のコアラなの!?

『隊長、次はどのような作戦で』

何かコアラがモグモグ言ってるけど、いやあれどうなの。しかも聞いてるほう、頷いているし。

『……なるほど！　隊長はこう言っておられる。知波単は突撃バカなので、有利な場所で待ち構えていればよいいと』

『了解しました！』

ええ――、了解しちゃうんだ。

『蕨《わらび》副隊長殿、知波単学園が一列横隊にて接近ちゅ～』

『聡明《そうめい》なる我らがコアラ隊長の思惑通りだ！』

確かに、コアラの戦車はいい感じに丘の上にダックインして、砲塔だけが出ている。

「これは攻撃しにくいですよ。コアラは夏の大会でヴァイキング水産の囮作戦に引っ掛かって、フラッグ車が撃破されて負けてますからその反省でしょうか」

「でも知波単、真正面から突っ込んでますよ」

『総員、砲撃準備！』

「あれですと、次に丘の上に登った瞬間、集中砲火を受けますね」

「うん、しかも車体の下の部分が狙われそう」

「ねぇ、でも数少なくない？」

「本当ですね、6輌しかいません」

「残りは？」

画面の薮副隊長も怪訝《けげん》な顔をしている。

正面から来るはずの知波単が、そろそろ見えるはずの時間になっても姿を現さない。

「どこに行ったんでしょう」

「カメラも追い切れてませんね」

「あっ、白旗上がりました」

「コアラ側ですよ！」

画面がコアラの後方からに切り替わると、そこには白旗を上げた車輌が映っている。

「知波単、左右から突撃してます！」

「え、迂回《うかい》突撃なんて覚えたんだ！」

知波単の残りの4輌がいつの間にかコアラの背後に忍び寄って、装甲の薄い部分を的確に狙っている。しかも正面にいたはずの6輌も迂回して、側面から突っ込んできた。

「コアラ、混乱しているのか動きが鈍いですね」

「あっ、それでも反撃、知波単が吹っ飛んだ！」

「もう1輌やられたよ！」

「あー、でもコアラのフラッグ車も撃破されました」

「知波単の勝利です」

急いで帰って来たのか、勝利が決まった段階で映像が終わった。インタビューが聞けなかったのが残念だけど、まぁそれは仕方ない。

なるほどねぇ、これが突撃以外の突撃、自由な突撃、色々な突撃ということなのかな。単純に正面から行くんじゃなく、相手の弱い所に向かって突撃する。多分過去に勝った時は相手の弱点を突いてそこに一斉突撃したんだろうけど、その後は弱点を探らないようになって卵で石を打つような戦いばっかりしてたのが原点に立ち返ったんだ。

「結局新戦車いなかったね」

「どうやら知波単は戦車ではなく、戦術を変えてきた感じですね」

「多少やりにくくなりました」

さて、どうなることやら。今できることは、車輌の整備を万全にして、サメさんチームが戦力になるように練習させて、他のチームとの連携を考えるしかない。

相手が知波単ならサメさんチームのMk・Ⅳ《フォー》戦車でもある程度の戦力になるはずだし。

第五章

Chapter 5

ガールズ&パンツァー 最終章 上

GIRLS und PANZER das FINALE

「知波単《ちはたん》の戦力は？」

「一回戦同様、九七式中戦車旧砲塔4輌《りょう》、恐らくフラッグ車もこれです。そして九七式中戦車新砲塔5輌、九五式軽戦車1輌だと思われます」

「戦力的には我々の方が有利だけど、向こうも練度は高い。特に頭を使うようになったので、ちょっと手ごわいかもしれない」

試合会場の気温は34・3度、湿度は80％、不快指数約90％とエアコンのない戦車の中に長時間いるのは両チームともとても厳しい状況だから、短期決戦が望ましい。

だけど今回の待機場所は少し開けているけど密集した森に囲まれていて、ここからは相手の戦車が見えない。深い緑の鬱蒼《うっそう》とした森の奥からは鳥や獣の鳴き声だけが微《かす》かに聞こえてくる。前回の試合と違って観客席も離れているので、映像の電波も来ていないから、ポータブルテレビで様子を確認するのも無理だ。一回戦はある程度相手の情報が分かるけど、試合が進むに従ってどんどん分からなくなっていく。戦力に余裕のあるチームなら相手に合わせて戦車やメンバーを入れ替えてガンメタ張って来るのが当たり前で、思わぬ隠し玉を出してくることだってある。

今までの流れからすれば知波単に隠し玉があるとは思えないけど、秋山《あきやま》ちゃんが言ってた三式砲戦車とか、砲力を強化した戦車がないとは言い切れない。

しかも、今回の試合会場は障害物が多く、足場も悪いジャングル。地形もうちの重量級には向いていないし、長い主砲が木に邪魔されることも考えられる。小型で軽量の戦車が揃《そろ》っている知波単の方が地形にあっているから、突撃してこないで逃げ回られると短期決戦に持ち込むのは難しい。

こんなに暑いのにメインスタンドは今日も大盛況だ。さっきちらっと見てきた時に、駐車場に知波単カラーの巨大戦車とかあったけど、あれ参加する車輛《しゃりょう》じゃないのかな。

観客席には各校の偵察も大量に来ていた。知波単に負けたコアラの森や、マジノに青師《あおし》団《だん》の生徒たちもいて、来年に向けた情報収集に余念がない感じかな。

ＢＣ自由の生徒も観客席と特別席の両方にいたから、来年に向けた準備だろうか。

知波単サイドの応援団が統制の取れた動きで見栄えがしたので、うちも次はブラバン部に来てもらおうかな。

それと、あの陰険眼鏡っぽい姿を見かけた気がするけど、見なかったことにしよう。

確か今は戦車道連盟にいるみたいだし。

メインスタンド前でかーしまが審判団と話しているのが見える。

西住《にしずみ》ちゃんと知波単の隊長の西《にし》ちゃんも向かい合って何か話しているな。

「西住さん、ご無沙汰しております」

「西さん。この前はありがとうございました」

「いえ、こちらこそありがとうございました。一緒の陣営で二度も戦わせていただき、大変勉強になりました」

「え、そんな」

「今回の大会、まさか二回戦に進めるとは思いませんでした。しかも、大洗《おおあらい》さんと当たるとは……。この試合、胸をお借りするつもりでがんばります。よもや勝てるとは思っておりませんが」

「そんな……勝つつもりでがんばってください」

「えっ……」

「わたしたち全然強くなんてなかった。今もそう。でも、勝ちたいと思って頑張ってきたから……」

「……わかりました。わが知波単学園、全力で戦い抜き、ブチ倒します！」

うーん、西ちゃんがやる気だ。まぁ西住ちゃんにこんな所で心理戦を仕掛けるような盤外戦術は無理だから、むしろ正々堂々やるように仕向けただけでも上出来かな。むしろそれは我々旧生徒会の仕事で、新生徒会にはいらないやり方だろうし。

お、事前確認が終わったのかな。蝶野《ちょうの》審判長が両チームに整列を促している。

「では両チーム整列」

「はい」

「これより大洗女子学園対知波単学園の試合を行います。礼！」

「宜《よろ》しくお願いします！」

さてさて、試合開始だ、どうなるかねぇ。

まずはかーしま、号令からだよ。

「パンツァー・フォー！」

待機場所から全車が動き出す。今回は最初から揃って輸送できたし、サメさんチームも練習に積極的に参加していた。お陰でかーしまの貴重な勉強時間が減っちゃったけど。

待機場所を抜けると、そこはもうジャングルだ。

地図はさっき配られたばかりだから、まずはここで西住ちゃんと作戦会議かな。

『知波単のスタート地点はこの川の上流です。川沿いは通行するのは難しそうなので、迂《う》回《かい》して移動しましょう』

「うん、それでいい」

「迂回するのはいいが、やはり突撃対策として防御に有利な地形で待ち構えるか？」

『はい、中央に高地があります。まずはここを取りましょう』

大丈夫かねぇ、それってコアラの森と同じ戦術にならない？

コアラは正面からしか来ないだろうと思って慢心していたところを後ろから不意を突かれてやられちゃったから、うちは見張りさえしっかりしてれば大丈夫かもしれないけど。

でも、ジャングルだからコアラの時以上に見通しが悪いのがやだねぇ。こういった地形なら、小型軽量の戦車しかいない知波単の方が有利かも。うちは大きくて鈍重なのが結構いるから。

そんなことを思っていたら、後ろの方が何やら騒がしくなっている。

『気を付けて』

『も～旗ジャマ～』

『やっぱりどん底においてくればよかったのかも』

『それは言える』

『ちょっとー、旗印のない海賊なんか海賊じゃないわよ。いや、あたしたちただの可憐《かれん》な女子高生なんだけどね』

『うほっ！』

ああ、サメさんチームの旗が引っかかっているのか、まぁ目立つからね、あれ。

と思ったら、機銃音!?

『敵襲！』

ちょっと早くない？　こっちはまだスタート地点から移動を開始したばっかりなのに。

『ああ――――旗が～～～！』

お銀《ぎん》ちゃんの悲鳴が聞こえる。やっぱりあの旗が狙われたか。

『こちらウサギ、三時の方向に敵！』

『待ち伏せ!?』

『こんなに早く接敵するなんて、さすがの機動力です！』

最右翼に位置していたサメさんチームが右側面から集中攻撃を受けている。幸い、ジャングルで視界が悪いから知波単の攻撃も機銃だけなので、大きな被害はないけど。

何度も言うけど、ヘッツァーは右側の視界が悪いから全然見えないんだよねえ。

「小山《こやま》、方向転換」

「了解です」

小山が素早く向きを変えるのにあわせて、照準器を覗《のぞ》き込む。

本当は車長席ハッチから直接外を見たいんだけど、西住ちゃんから止められているので仕方ない。

ん～ジャングルが深くて、全然見えないな。

しかし、あまりにも知波単が来るの早くない？

まるでこっちがここに来るのが分かって……そうか、最初から高地を狙うって読まれていたんだ。

確かにあの地形は両軍とも欲しい場所ではあるけど、知波単はそれを捨てたのか。

『応戦してください！　突撃に備えて！』

西住ちゃんから指示が来た。

「かーしま、装填《そうてん》は？」

「徹甲弾、既に終わってます！」

「よし、発射よう……」

『砲撃待って！』

西住ちゃんの慌てた命令が飛び込んできた。何ごと？

『このぉ〜旗印はあたしらの魂だよ！　こうなったら容赦しないよ！　面舵《おもかじ》一杯！　敵船を撃沈しろ！』

この声はサメさんチームのお銀ちゃんか。

『あ、停止してください！』

照準を覗くとサメさんチームが前進しているのが見える。ありゃ、これはヤバイ。

「かーしまー、まずいぞ」

かーしまもすぐに状況を理解して叫ぶ。

「知波単が突撃してくるぞ!?」

『全車、迎撃してください！』

だが、照準を見ると動いたと思った知波単の戦車が、その場でとどまっている。

「違う違う、サメさんチームだ！」

「えっ、あっはい！」

かーしまがサメさんチームに指示を送った。

「サメチーム、戻ってこ――――い」

『いくら姐さんの頼みでもこればかりは譲れませんぜ！』

だがお銀ちゃんは従わないで前進を続けており、西住ちゃんから再び指示が出た。

『サメさんチームを援護してください！』

照準の中に発砲炎が見えた。目標は正面だけど木が邪魔だなあ。

知波単はサメさんに集中砲火を送っているから、こちらには砲撃は来ていない。

見ている間に、サメさんチームに白旗が上がった。

『このまま知波単が前進してくる可能性があります、砲撃を続けてください！』

動いた！

知波単が前進を……あれ、こっちにこない？

『何と、知波単が後退しました』

五十鈴《いすず》ちゃんの驚いた声が無線から聞こえる。

うん、照準を覗いていた身としても驚いた。

戦果を挙げて万歳までしたのに、そこから突撃しないでこちらが防御を固めていると分かると直ちに転進していくんだもん。

今までなら、そのまま突っ込んできて遠距離から次々仕留められていったに違いない。

やっぱりコアラの森戦は、まぐれ《フロック》なんかじゃなかった。福田《ふくだ》ちゃんだっけか、どうやったのか分からないけど、アヒルさんから聞いた内容をうまく咀嚼《そしやく》して戦術にまで昇華させて、あの面倒な知波単の生徒たちをちゃんと制御している。

試合が終わったらどんな魔法を使ったのか聞いてみたいな。

思わず笑みが零《こぼ》れた。

「知波単もいったん退《ひ》くってのを覚えたみたいだね」

「それってある意味、かなり手ごわいということでは？」

背後で装填しているかーしまの声が強張《こわば》っている。

「そ〜ゆこと」

『サメさんチーム大丈夫ですか？　怪我《けが》はありませんか？』

西住ちゃんの安全確認が聞こえる。戦車道はスポーツだから、これはルール上ＯＫだ。撃破された車輌が、相手の数とか逃げた方向とかの情報を伝えるのは禁止されているけど。

『全員元気でーす』

『真っ先に沈没しちゃってごめーん』

『旗が目立ったから真っ先に狙われたのか？』

『でしょ』

『……もし次の戦いがあるのなら、その時は、心の中だけであの旗を掲げよう』

次々と問題ないとの報告が入ってきた。

『うむ、我々も通った道だな』

『歴史は繰り返す……』

今のはカバさんのカエサルちゃんとエルヴィンちゃんだね。

あそこも以前旗を立てて撃破されたから、気持ちは良く分かるんだろう。

さて、知波単は雲を霞《かすみ》と姿を晦《くら》ましてしまった。あの迷彩はこんなジャングルの中だと、少し離れてしまうと本当に見えなくなる。今回は試合開始が遅い時間だから、この後は日が落ちて暗くなってしまうだろう。まあ、そうなったらライトを使うので見つけやすくなるかもしれない。

今は音だけが頼りだけど、全然聞こえないしね。

「かーしま、どうする?」

「どうするって、何をですか」

「作戦」

「作戦と言われましても……こんなジャングルの中やみくもに探しても見つけられないでしょうから、予定通り高地を目指すしかないかと」

なるほど、面白味はないけど堅実だ。実にかーしまらしい。

知波単はこっちに偵察を張り付けているはず。そして定期的にさっきみたいな襲撃を仕掛けてくる。そして自分たちに有利な地点へと引きずり込んで殲滅《せんめつ》を狙うんだろう。

ある意味、マジノが黒森峰《くろもりみね》に仕掛けた釣り野伏《のぶせ》と似たような状況だ。

マジノ同様、正面からこちらの装甲を抜くのが難しいから、側面や背後に回って至近距離から撃破を狙うと思う。機動性と練度は知波単の武器だし、足で稼いでくるよね。

「じゃあ、それを西住ちゃんと相談して、ちゃんと全員に方針を伝えてね〜」

「はい！」

かーしまが装填手《そうてんしゅ》ハッチを開いて、上半身を乗り出す。

「おい、西住！」

「はい」

「恐らく知波単はこの後も奇襲してくるだろう。それでもまずは高地に向かうのがいいと思うが、どうだ？」

「……そうですね、こんな視界が悪い状況では我々は不利です。偵察を出すにも、まずはどこかに腰を据えないと無理でしょうし、相手の作戦に敢《あ》えて乗りましょう」

「じゃあ、その指示を」

「あの……それは隊長の仕事です」

「ぐっ」

あ、詰まった。

「……あー、えーっと、全員に伝える！　予想外の奇襲があったが予定通り目標を目指す。えーっと、それから……その、またこの後も同じような奇襲が続くはずなので、全員注意するように！」

よしよし、どうやらちゃんと命令できたね。

『緊張しすぎていると、いざという時に疲れちゃうので、ローテーションに沿って交代で見張りを心掛けてください！』

『『はい！』』

西住ちゃんがフォローすると、全員からいい返事が戻って来た。この辺りはまだまだ即席隊長じゃあ格が足りてないね。ま、何ごとも経験だよ。

『どこから攻撃を受けるか分からないので、フラッグ車を中心に左にカモさん、アリクイさん、カバさん、右はウサギさん、後ろにアヒルさん、レオポンさんの隊列になってください。わたしが先頭で周囲の確認をしますので、各車、担当方面への警戒を怠らないように』

西住ちゃんが具体的な命令を下して、あんこうチームを先頭に三列縦隊でジャングルを突き進む。

右から奇襲を受けると反応が遅れるから、車長席に移動してハッチを開く。

身を乗り出すと、濃厚な湿った緑の匂いが鼻孔に流れ込んできた。

「ん～湿度が上がってきたね、これ夕立でも来るんじゃない？」

「そういえばムシッとしますね」

「でしょ、そうなったらますます状況は悪化するねぇ」

前を進むⅣ号戦車、そのキューポラから身を乗り出して周囲を見ている西住ちゃんの背中を見つめる。学校を守りたい一心で西住ちゃんを無理やり戦車道に引きずり込んでしまったけど、それ自体は後悔していない。西住ちゃんも自分の戦車道を見つけて前に進むようになった。

でも、あの両肩に我々の命運を乗っけてしまっているのも確かだ。

西住ちゃんは、どこの大学に行くんだろうか。お姉さんのようにドイツの名門校に留学するのか、黒森峰に縁がある九州の名門校に行くのか、それとも都内に出るんだろうか。

どこでも余裕で推薦が決まるだろうし、間違いなく秋山ちゃんもついていくと思う。

自分がやれるのは、その時がきたらどこでも行けるように道を空けておくぐらいかな。

「どうしたんです、会長？」

ため息をついたのをかーしまに耳聡《みみざと》く聞かれてしまった。

「ん～まだまだ先は長いな、って思って」

「そうですね、この戦いは長引きそうです」

違う、そうじゃない。


予想通り、高地へと近付こうとすると知波単の襲撃を受けた。

『あいた』

『また来た』

そど子とごも代の声がする。

どうやら、カモさんチームが被弾したらしい。

『しつこいずら』

『返り討ちにしてくれるわ』

右の高地に向かおうと進路を変えた時に、左前方から攻撃を受けた。警戒中のカモさんとアリクイさんが方向を変えると砲撃を開始する。

一回目は偶然かサメさんの旗が見つかったからかと思ったけど、右側にある高地方面に進もうとすると知波単がやってくる。

高地に行かせたくないのか、それともどこかに誘導したいのか、奇襲を仕掛けてこちらを消耗させたいのか、どれなんだろうな。釣り野伏にしては数が多くて本隊が揃って攻撃している感じだから、やっぱり高地に行かせたくない、でも自分たちが高地を取るメリットもない、てことかな。

でもこっちの位置をこれだけ把握しているなら、装甲の薄い後ろから奇襲した方がいいような気がするんだけどなあ。

あ、まさか。

ヘッツァーは小さいので徹甲弾を35発しか積めない。あんこうチームのⅣ号は倍の数を積めるから多少余裕はあるけど、知波単の九七式中戦車に至っては１００発以上積んでいるはずだ。

長期戦になったら砲弾が足りなくなるかもしれない。

ひょっとしてこっちの砲弾切れを狙っているとか？

幸い、あんこうとカバさんとうちは砲弾が共通だから、いざとなったら砲弾を融通できるけど、他は全部バラバラだから無理だ。ちょっと気を付けておいた方がいいかも。

でも、今は撃つしかない。照準の中にかろうじて見える目標に向けて発砲するが、知波単側が上手に地形を利用しているのか、手前の土手や周囲の木に砲弾が防がれてしまう。

決め手の無いうちに、やはり突撃してこないで素早く後退していく。

とても今までの知波単とは思えない。少なくとも、大学選抜戦までとは大違いだ。


左側に位置していたカモさん、アリクイさんに続きカモさんも前進して追撃する。

これじゃあ逆にうちが突撃する側だよ。

『また撤退か！』

『ちょっと待ちなさい！』

『逃がさないもも』

『今度こそは逃がさんぜよ！』

『あ、停止してください！　無理な追撃はしないでください。相手の挑発に乗らないで』

さすが西住ちゃん、冷静に制止するように指示を出す。

サメさんチームとは違って、素直に命令に従って、その場で停止した。

『何かモグラたたきみたいで、イライラするにゃ～』

『ふんぬ！』

その気持ちは良く分かる。多分、そのイライラさせるのも手の内だと思うよ。

それはともかく、なんかすごい音がするけど、アリクイさんたち何やってんの？

『福ちゃんたち、変わったね』

『うん。いつどこから攻撃してくるかわかんないし』

『AクイックとかBクイックとか』

『時間差攻撃とかツーアタックとか』

『一人時間差とかバックアタックとか』

あ、はい。これはもうアヒルさんチームだね。

「小山〜、AとかBクイックとかって何？」

「どっちも素早い攻撃だけど、トスを上げる場所が違うの。で、クイックで打つ人間が実はダミーで他の人が攻撃するのが時間差、Aクイックをやると見せかけて一瞬動きを止めるのが一人時間差、トスを上げると見せかけてそのまま打つのがツーアタック、後衛が後方から攻撃するのがバックアタック」

「ふーん、ありがと」

「どういたしまして」

要するに速攻だったり欺瞞《ぎまん》だったり、変幻自在に相手の拍子を外すのが狙いか。

『あ〜もう蒸し暑い〜』

『痩《や》せるかな』

『虫に刺されちゃった〜』

『痩せるかな～』
『この程度じゃ無理でしょ』
『かゆい～』
『薬あるよ。塗る？』
『ぬるー』
『はい』
ウサギさんたちはマイペースだね。なんかキャンプ気分で。
でも、あれぐらい図太い方が挑発には乗らなくていいのかも。
「かーしまー、なんかみんなキリキリしてるから、リラックスするように言って」
「えっ、あっ、はい」
慌てて喉元の咽喉マイクを首に押し付けるかーしま。
『あーあー、全員に連絡、まだ先は長い。深呼吸して落ち着いて、えーっと何だっけ』
ダメっぽいね。

結局あれから大きく迂回して高地を目指したが、右の山側に向かおうとするたびに攻撃を受けて同じように砲弾を消耗するだけに終わった。
予報通り雨も降ってきた。かーしまの訓示でもリラックスさせるのは無理だったし、さっきのウサギさんたちじゃないけど高温多湿で戦車の中はサウナ状態だ。

エアコンが欲しいねぇ、高校戦車道の戦車にエアコンはないけど。

知波単はこちらの消耗を狙っていたのかな。

実際、全員かなりイライラしていて、限界も近くなっている。

『全車、停止しましょう。小休止です』

ちょうど、西住ちゃんからの通信が入ってちょっとホッとした。もう少しこの状況が続くようだったら、かーしまに指示を出させようかと思ってたところだったし。

我々はあんこうチームの右隣に止める。

雨まで降ってきて蒸し暑さに拍車が掛かったので、急いで車長席のハッチを開けると、西住ちゃんと目が合った。

「どう、西住ちゃん」

「状況はあんまり良くないですね」

「そっかー。ところでみんな砲弾の在庫はどうかな？　うちは徹甲弾残り三分の二を切ったかな」

西住ちゃんがハッとして、指示を出す。

「沙織《さおり》さん、全員に今のうちに燃料と弾薬の数を確認するように伝えて」

「ほいほーい」

あんこうチームの弾薬を管理している秋山ちゃんが、ひょこっと装填手ハッチから顔を出した。

「うちから補給は必要ですか？」

「それはまだいらないかな。でも秋山ちゃん、大丈夫だと思うけど、カバさんも砲弾搭載数が少ないから確認した方がいいかもね」

「分かりました」

「じゃ、後はかーしまと作戦会議よろしく〜」

伝えることを伝えて、かーしまを送り出したので蒸し暑い車内へと引っ込む。

ラジエーター用冷却ファンで車内の熱は外に出しているけど、それでも暑いものは暑い。

そんな中で、弾薬の補充をするのはちょっと大変だ。

左右の壁にベルトで固定してある即応弾が結構減ったので、床下の弾薬箱から補充する。

戦闘時に弾薬箱から一々出していたら装填に時間かかっちゃうから、こういう時に補充しないと。

特に手が届きやすい左側はたった9発だけなので、既に空の状態だ。

本当はかーしまの仕事だけど、作戦の確認に送り出したから仕方ない。小山はすぐに動かせるように、操縦席から離れられないし。

「杏《あんず》は口では働きたくない働きたくない言って、こうやって陰で動くよね」

「大洗とかーしまのためだからね」

「ふふふ」

小山に意味ありげに笑われた。いいじゃん、そういう性分なんだから。

補充が終わって外を見ると、配布された地図を前に、西住ちゃんたちがⅣ号の上でまだ作戦会議をしている。

「うーん、視界内には知波単の車輌は見えませんね。高地にも陣取っているようには見えないです」

「でも、襲撃位置を考えると確実に高地周辺にいます」

「やっぱり知波単は我々に高地を取らせないつもりですね」

かーしまがちょっと考えて、今後の方針を確認する。

「どうする西住」

「そうですね……」

地図を見て西住ちゃんが考え込んで、一か所を指差した。

「少し行ったところに池があります。開けているので高地を取りにいくふりをして、ここで相手を待ち構えるのはどうですか？」

「うん、いいと思う」

「わかりました」

秋山ちゃんも納得して車内へ戻った。かーしまも立ち上がったので、こっちに戻って来るね。

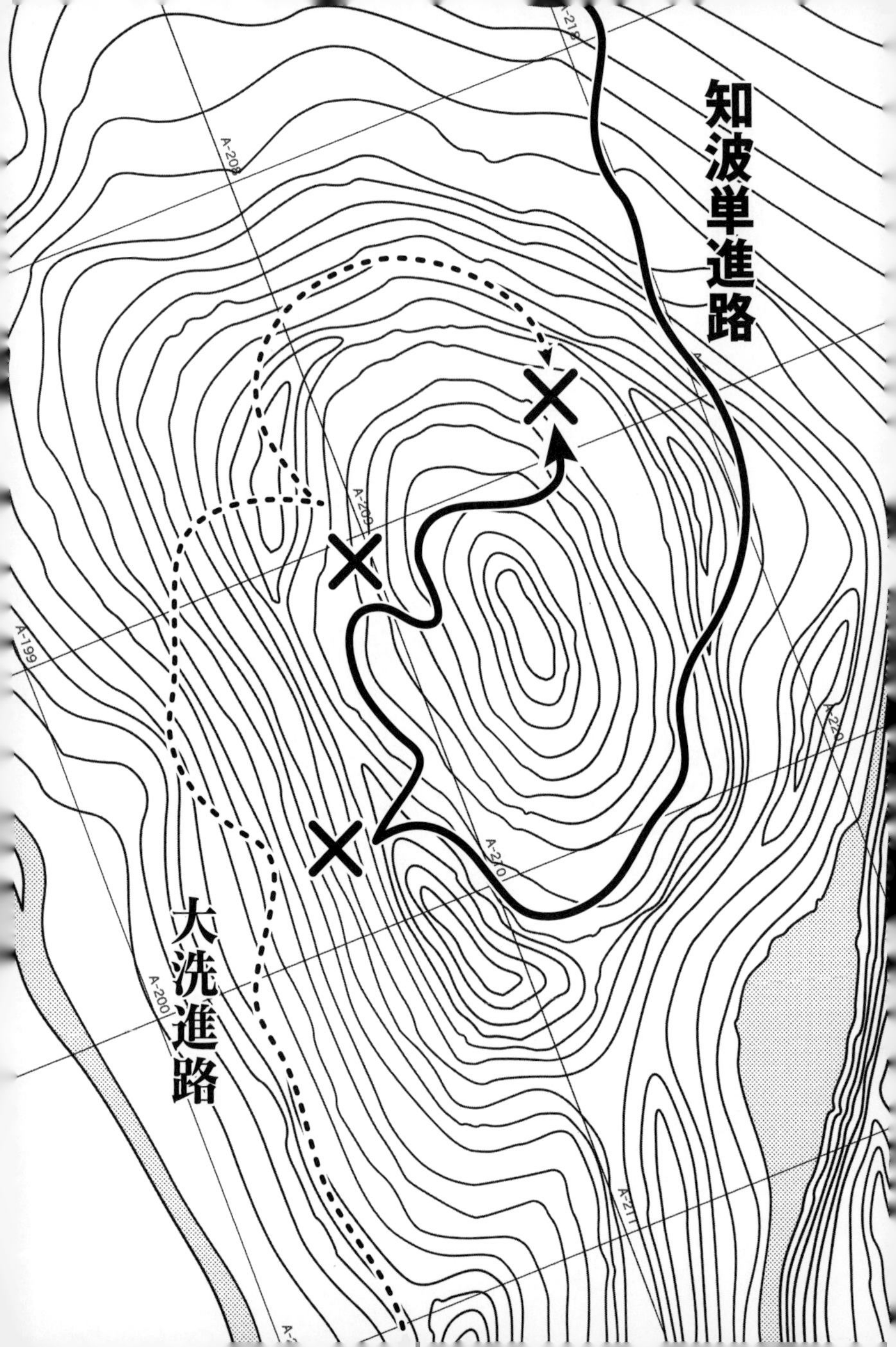
知波単進路
大洗進路
A-199
A-209
A-200
A-211

「先鋒《せんぽう》頼む」

「はい、知波単は高地側にいるのは分かりました。二列で進みましょう。沙織さん」

「はーい」

武部《たけべ》ちゃんも車内に入った。無線に備えて、外していたヘッドセットを着け直す。

『こちらあんこうより各車へ。これよりBD172地点に二列縦隊で向かいます。隊列順はB、知波単の攻撃に警戒しながら進んでください。雨も降ってきました、慎重に行きましょう』

隊列Bだから、あんこうを先頭にその次にうちが続いて、知波単が来ると思われる右側にもう一列護衛のために作る形になる。

雨が強くなって、結構ぬかるんできた。重量級でパワーがない車輌は不利になるね。うちのヘッツァーも右側に主砲があって重量バランスが偏っているからこんな時は細心の注意が必要だけど、まぁ小山の操縦なら大丈夫だろう。

雨の中、Ⅳ号の上で座っていたかーしまに乾いたタオルを渡す。こんなに天気が悪くなるなんて。

着替えとか乾いたタオル、もう少し多めに持ってきた方が良かったかなぁ。

通信の途中であんこうが動き出したので、すぐにその後に続く。

走っている間にますます雨が強くなってきた。履帯で泥をかき回しているから、隊列の後になるほど泥が細かくなってどんどん足を取られる。

後方でカモさんチームが泥で滑っているとの連絡がきた。

『この雨が続くとまずいですね』

『カモさんチーム、あんこうに続いてください！　隊列Ｃに！』

この天気では奇襲は難しいのと、知波単は恐らく右側の高地から来るだろうという判断で、あんこうの左横に我々が移動。その後ろにレオポンさんが続くことになった。

あんこうの後ろはカモさん、続いてウサギさんだ。

これで少しはカモさんも動きやすくなるかなぁ。


『もっと右、右！』

やっぱりカモさんチームが苦労しているみたいだ。左側の我々は多少高い場所を動いているけど、池が近付くに従って水が溜《た》まっている所が増えている。

『ぶはっ！　ちょっとごも代、ちゃんと運転してよ、ガングロになっちゃったじゃない。これじゃあ不良よ、不良！』

『ごめん、そど子』

あー、泥被《かぶ》ったのか。

『泥パックってお肌にいいんじゃない？』

『ミネラルとかあって？』

『すごい、戦車道やりながら、綺麗《きれい》になれちゃうじゃん』

ウサギさんたちはお気楽そうだ。

『うちは重いから走りづらいなーこんな道じゃ』

『履帯が広いから、面積当たりの荷重自体は少ないはず』

『タイヤも太い方がグリップいいもんな』

『アクロポリスラリーよりはマシだ』

後ろに続くレオポンさんも車輌が重いから大変そうだけど、ここより酷《ひど》いアクロポリスって、どんなとこなんだか。ちょっと気になる。

右側の様子は全然見えないし、この雨の中じゃあハッチも開けられない。

照準を覗いて先の指示をするので精いっぱいだ。

『あっ！』

ごも代の悲鳴が聞こえた。

何かあったみたいだね。かーしまが濡《ぬ》れるのも構わず、装填手席のハッチから外を見る。

「かーしま、カッパ使って」

「大丈夫です！　うっぷ」

ほら言わんこっちゃない。

「どうなってる？」

「はい、右側に深いくぼ地があって、そこを進んでいます」

無線からはカモさんたちの悲鳴が聞こえている。

『バックしてみなさいよ、ごも代』

『わかった、そど子』

『ダメっぽいね』

『こちらカモチーム、動けません』

『う——。ごめんなさーい！』

しょうがない、こっちも外に出るか。

狭い車内でビニールカッパを着て車長席に移動すると、ハッチを開く。

とたんに猛烈な雨が顔面を直撃した。あんこうが横で停止したので、小山に停止指示を出す。

どうやら完全にカモさんは動けなくなったみたいだ。

「お、スタックか？」

「B1の履帯は滑りやすいですからね」

西住ちゃんがうちの後ろをゆっくり進んできたレオポンさんに指示を出す。

「レオポンチーム、カモさんを牽引《けんいん》してください！」

「ラジャー」

泥濘《でいねい》に埋まった戦車を引っ張るのは割と大変だ。重い牽引ケーブルを戦車から外して、車体のフックに取り付ける作業を泥の中でやらないとならない。もし旋回する場合だったらケーブルをクロスさせる必要があるけど、今は真《ま》っ直《す》ぐ引き上げればいいだけだから、平行で大丈夫。


動ける人間が総出で、何とか牽引ロープを繋《つな》ぐのに成功した。

秋山ちゃんが始終楽しそうだったのが、さすがだよ。

とにかく、今の状況で奇襲を受けなくて良かった。後は引っ張り出すだけ。

ナカジマちゃんが指示を出す。

「よーし行くよー、せーの！」

ポルシェティーガーの公称２３０ｋＷ（多分レオポンさんはもっと高出力にしているはず）を発揮するモーター２発が全開になって、ロープがピンと張った。

だが、30トンを超えるＢ１ｂｉｓは泥沼からぴくりとも動かない。

『んーだめかー、ドーピング』

ツチヤちゃんが、何か怪しい装置を操作したっぽい。出力が急上昇したような音がする。

「がんばれー」

「おーい、モーターもエンジンも壊すなよー」

車外で応援しているスズキちゃんとナカジマちゃんが声を掛けるが、動く様子はない。

「押すわよ、パゾ美」

そど子が泥沼に飛び込んだ。

「おい」

後ろから押すつもりみたいだけど、気を付けないと。

「ぎゃっ」

パゾ美が注意したけど、腰まで埋まった。

「せーのー」

「「ん———っ」」

これは手伝いに行った方がいいかな。でもヘッツァーも足回りはそんなに強くないから、あそこに踏み込んだらミイラ取りがミイラになりかねない。

「まるでトラップのような危険なアリジゴクですね」

「何かに使えそう」

西住ちゃんが何か思いついたみたいだけど……突然あんこうが動き出した。

「あっ、麻子《まこ》さん？」

「見ちゃいられない」

あんこうが後ろに回った。やっぱり判断が早いね。

「どけ、そどパゾ」

「名前まとめないで！」

「ジャンプしてください」

「カツアゲ？」

「違う」

西住ちゃんの指示に合わせて、そど子がジャンプした。

直後、あんこうがカモさんの後ろにぶつけて、カモさんが動き出した。

「今だ！」

『よっしゃー』

ナカジマちゃんの指示に合わせて、ツチヤちゃんが再び出力全開、やっと泥濘から脱出に成功したみたいだ。

そど子はあんこうの上に飛び降りたね、良かった良かった。

「……ありがと」

「遅刻見逃し三回分で手を打とう」

「だめ」

「けち」

そど子、冷泉《れいぜい》ちゃんと戯れてるけど、ずいぶん余裕あるんじゃない？

×　×　×

雨も上がって、ようやく池に到着した。

池のほとりはやや開けた土地で、密林との間は土手になっていてやや段差がある。

この背後に戦車を置けば砲塔以外は隠せるだろう。池の反対側は厚い密林で戦車が行動するのには向いていない。それでも知波単の戦車なら木の隙間を縫ってくるかもしれない。といっても周囲が静かなだけに、エンジン音が遠くから響けば接近はある程度判断できるはずだ。

「全車停止してください」

西住ちゃんが少しほっとした声を出した。続いてかーしまが、事前に聞いていた配置に従って、それぞれの車輌の停止位置を指示する。

「ここで大休止にします。みなさん周囲を警戒しつつ、食事と休息を取ってください」

半円状に停止してレオポンさんが池側を、残りの車輌が密林側を警戒している。うちのチームだけが密林すれすれまで前進して、土手と木の間に車体の大部分を隠すようにした。

アヒルさんチームには、事前に密林側の偵察と哨戒《しょうかい》に出てもらっている。小回りが利くのと、全チーム中でトップクラスに体力があるのと、目が良いのがその理由だそうだ。

フラッグ車じゃなかったら、うちのチームがやってたような気もするね。

「もうすぐ陽《ひ》が落ちるな……」

みんなが休息する中、かーしまは戦車の上に仁王立ちして、双眼鏡で周囲を観察する。

見かねて小山が声を掛けた。

「桃《もも》ちゃんも食べたら？　珍しく杏が作ってくれたんだよ」

「今回だけねー」

私自身は料理は嫌いじゃない。むしろ作るのは好きだ。後始末が面倒なだけで。

今回は試合開始時間が遅かったから、運営側からも夜戦になる可能性を伝えられており、全チームにお弁当を用意するように言ったんだ。なので、他のチームも思い思いの食事を用意しているはずで、作る余裕がないチーム向けに干し芋とミルク、プレーン、キャラメルの各種缶入りパンと、パックご飯も用意してある。当然今回も、水とスポドリはクーラーボックスに入れて持ってきた。

料理は最悪試合中でも片手でつまめるように、かーしまの好物のお稲荷《いなり》さんに加えて、太巻き、だし巻き卵に昆布巻きを用意した。量は十分にあるはずだけど、試合をするとお腹《なか》が空《す》くので普段よりは多めにして、味付けも少し濃いめだ。

それとお茶を用意した。ちゃんと急須と湯呑、お茶っ葉も持ってきている。

全員水は持ってきているはずだけど、思ったより蒸し暑くて水分消費が激しい。

車内に余裕があるカモさんチームに預けた水を配るように指示を出す。

そのついでに他のチームを見てみると、あんこうチームは飯盒《はんごう》一杯の鳥五目釜飯と玉子焼きで、結構なボリュームがある。あれは三合はあるね。ひょっとしたら四合かも、Ⅳ号戦車だけに、なんつって。

ウサギさんは各人が自分たちで作ったのかバラバラだけど、カツサンドとタコさんウィンナーやミニハンバーグにゆで卵とか、玉子焼きに唐揚げとかを可愛《かわい》いお弁当箱に入れている。ちゃんと保冷剤を入れて食中毒対策も十分だ。まあ日の丸弁当や白おにぎりもあるのはご愛敬《あいきょう》だね。みんなでシェアし合っているみたい。

カバさんは忍道で習った兵糧丸を持ってこようとしていたので、ちゃんとした料理にするように伝えたら、保温容器にしっかり温めたレトルトカレーとパックご飯を入れて持ってきていた。なるほど、その手があったか。あれならいつでも温かいカレーが食べられる。

もっとも、落ち着いてないと食べられないいんじゃないって聞いたら、カレーは飲み物だから大丈夫、って。よく分かんないな。一応、他に非常食として乾パンもあるそうだけど。

レオポンさんチームが用意していたのはハムとチーズのサンドイッチ、バナナ、ドライフルーツ、ナッツにエナジーバーで、移動中に食べることを考えているのかと思って聞いてみたら、先輩のラリードライバーから勧められた、食べやすくてすぐに栄養になるメニューらしい。

カモさんチームはオーソドックスにおにぎりと玉子焼き、アリクイさんはエナジーバーとプロテインだった。そんなので大丈夫かな。

偵察兼哨戒に出てもらったアヒルさんの食事は移動しながらでも食べられるパック牛乳とコンビニのブリトーを用意していたそうだ。

そういえば、先にリタイヤしたサメさんチームも、ちゃんとご飯を食べているよね。

「ねえねえ、何かキャンプに来たみたいだね、この感じ」

「そんな楽しい感じじゃないじゃん。暗いし」

「肝試しとかできそう」

「やるやる？　やっちゃう？　肝試し」

なんかウサギさんたちが盛り上がっているね。あんまり大きい声を出すと……。

「まだ試合中だから、終わってからね」

「「「はーい」」」

「すみませーん」

どうしようかな、と思ったら武部ちゃんが優しく諭していた。うんうん、いい感じだね。

「で、これからどうします？」

「えーと、しばらくここで待機しましょう。もうすぐ日が暮れます。夜になれば必ず知波単は仕掛けてくると思います」

五十鈴ちゃんが会長らしくしっかりと方針を西住ちゃんに確認しているけど、本当は隊長のかーしまがやるべき仕事だよ、分かってるかな？

今はしっかり食べて休息も取って、試合に備えて英気を養うのが大事。

いつもキリキリしているんじゃなく、休む時は休む。

ただし、その前にちゃんと全体の方針を定めて、きちんと全員に伝達すること。

恐らく今の薄暮の状態よりも、日が完全に落ちた方が知波単にとっては有利になる。

だとすれば、知波単も今の時間は休憩を取っているはずだから、食後も多少の余裕はあるとかーしまに伝えると、車から降りて西住ちゃんと相談しに行った。

大会が終わる頃にはもうちょっと隊長らしくなるかねぇ。

さて、全員に食後の休憩も伝え終わった。こっちも少し休むとしますかね。

戦車で休む時は履帯の上で寝るのが一番楽らしいけど、さすがにやったことはない。

特に今回みたいに敵襲があったらすぐに動かさなければならない時は事故の元だ。

なので、普通にヘッツァーの天井に寝っ転がって目を閉じていた。

ちゃんと寝なくても、目を閉じて外からの情報を遮断するだけで結構脳は休まる。

その代わり耳が冴《さ》えて、周りのチームの会話が良く聞こえてくる。


「ふーむ、前面の密林、後門の池、まさに背水の陣だな……」

「後が無い、むしろわくわくする」

「孫子曰《いわ》く、これを往《ゆ》く所なきに投ずれば、死すとも且《か》つにげず、ぜよ」

「死地において初めて兵は生きる、という奴《やつ》だな」

うん、これはすぐ隣のカバさんチームだね。その気持ちはよく分かる。

西住ちゃんはスロースターターで、腰が据わるまでは割と迷いが多い。逆に危機になればなるほど輝いて決断も冴えわたる。そうなると勝つために死力と知恵を尽くしてくれる。

今こうやって死地にあるのは、西住ちゃんが腹をくくったってことだろう。

そうなったらそうなったで、戦力的に使い勝手のいいうちのチームは間違いなく忙しくなるんだけど。

しばらく寝るともなく起きるともなくぼんやりとしていたものの、あんこうチームが静かなのが気になって起き上がると、五十鈴ちゃんがシュルツェンにもたれかかって寝ているのが見えた。

さすがの落ち着きだね。余裕がある時に少しでもああやって休息を取るのは大事だよ。特に砲手は集中力が必要だから。

「あらいけない、居眠りしてしまいました」

あ、起きちゃった。

「さすが麻子さん、夜は強いんですね」

「夜は友達……いや親友だからな」

こっちからは見えないけど、冷泉ちゃんは眼が冴えているみたいだ。

さすがの西住ちゃんも苦笑している。今頃、知波単はどこで何をやっているんだろう。


「薄気味悪いわね……」

ん、これは右隣のそど子か。

「どっぺるげんがー」

「ふぎゃ――――」

そど子の悲鳴が響き渡った。何ごとかと思ったら、パゾ美が赤色灯で顔を下から照らすという古典的なネタでそど子を驚かせている。

「ちょっと、驚かさないでよ。試合中でしょ！」

「どっぺるげ……」

ごも代も続いたけど、いやいや顔を下向けて光をしっかり当てちゃあダメでしょ。あれは下から光を当てるという普段とは違う状況を作って陰影をきちんと出さないと意味が無いんだから。

「もういいから。怖くないし」

ほら、やっぱり。さすがにそど子も二回目は大丈夫だった。


その隣、レオポンさんチームはしっかり休息を取っているみたいだ。前に耐久のドライバーはちょっとの暇さえあれば寝るって言ってたもんね。10分とか15分のショートスリープで、リフレッシュできるように鍛えているって。


更に向こうはウサギさんチームか。見張りの順番が来たようで、全員で周囲を観測している。こんな時乗員の多いあのチームは有利だよね、３６０度全てが見渡せる。

うちなんて、常に死角が生まれちゃうから。

「森の池のほとりってホラーでよくあるよね」

「あるある、いつゾンビが出るかって」

「大抵、思ってもないとこから現れるんだよ。ゾンビも敵も」

「うしろーうしろー、みたいな？」

「ないない」

「ないよー」

実に楽しそうだ。

「ん？　おっきいワニがいる！」

山郷《やまごう》ちゃんが池の中にワニがいるって、え、ワニ？

「ワニって？」

「ヒポポタマス」

「呼んだか？」

カバさんチームが反応して、澤《さわ》ちゃんが理解した。

「それカバだから」

この池にカバもいないだろ。

「やっぱ後ろいたー」

「何かおっきくない？」

うーん、ここからだとよく見えないなあ。ただ、これは警戒した方が……。

その瞬間、澤ちゃんが叫んだ。

「……？　搭乗して！　敵！」

ウサギさんがわらわらと車内へと飛び込んでハッチを閉める。

エンジンはアイドリングさせてあったので、すぐに動き出した。

澤ちゃんの警報で、他のチームも騒然としつつ各々戦闘準備に入った。

慌ててハッチから飛び込んで後ろを見ると、確かに池の中に何かいる。

それが何と言われると、巨大なワニとしか言いようのない物体が……発砲した!?

「敵襲！」

直後、ワニが弾《はじ》けて中からボートのようなものが現れた。

なんじゃらほい、あれは。

「何だ!?」

かーしまも驚いている。

『みなさん、落ち着いて、各個に戦闘配置！』

西住ちゃんだ。

警戒に出ていたアヒルさんの磯辺《いそべ》ちゃんから通信が入る。

『水上に戦車が!?』

『何で!?』

『いまだにこちらは敵影は見えません！』

アヒルさんメンバーから口々に報告が入ってきたが、知波単本隊はまだ見えないらしい。

『特二式内火艇です！』

秋山ちゃんの嬉《うれ》しそうな通信が飛び込んできた。あれだけ嬉しそうってことは、なんか珍しい戦車なんだね、オーケーオーケー、お姉さん分かっちゃった。

準備完了したチームが砲撃しているが、特二式は水の上をスラローム航行しながら避《よ》けている。

どう見ても船だけどあれも戦車なのか〜。いやあ、確かに珍しいもの見たね。

『砲撃！』

って、向こうも撃って来た。のんきなこと言ってる場合じゃない。

当然あれ、知波単の戦車でしょ。

今、うちの戦車は池にお尻を向けているから反転すべきか、それともこのままジャングル方面を見張るか、悩むところだね。間違いなく単独での攻撃なはずがない。この後に本隊が来るはず。

『カバさんとカモさんだけ狙ってください。本隊に備えて全周警戒！』

うん、さすが西住ちゃん。的確な指示が飛んでくる。

「だってさ。お尻は気にしないでこのままジャングル側に注意」

どうするのか視線を向けてきた小山に対して、指示を出す。加速度的に周囲が慌ただしくなるが、それだけじゃないエンジン音が聞こえてきた。これは前から？

「西住ちゃん、前からエンジン音複数！」

やばいね、これは。来るよ！

無線に叫ぶと頭を引っ込めて、慌てて砲手席に戻ろうとするけど……ぬわー、邪魔！

かーしま、踏んでも嫌がらないどころか、進んで踏み台になるんだけどさぁ、今わざと踏まれるような位置取りしたよね？　余裕あるじゃん。

そこ、目をそらさない。

そんな暇あったら、西住ちゃんの指示を聞いて！

『え？　うそ、戦うな、逃げろ』

ほら、磯辺ちゃんの慌てた声が入って来た。

『こちらアヒル、知波単発見、そちらに向かっています！　その数1・2・3、えぇっと……たくさん！』

ってことは、やっぱり本隊が来た！

「小山、後退して！」

「はい！」

前方の発砲炎に向けて砲弾を叩《たた》き込《こ》む。直後、小山が指示通り車体を後ろに下げた。

『前進して相手の死角に移動してください！』

西住ちゃんの指示とほぼ同時に、哨戒に出ていたアヒルさんが飛び込んできた。

ってことは、知波単主力もすぐに来るはず。

後ろの池にいる特なんたらが散発的な砲撃を行っていてカバさんとカモさんが応戦しているけど、どうも水の上でスラロームしている相手に対しては勝手が違うみたいだ。

各車が前進しようとした時点で、前方から一斉砲撃がきた。

『前進中止！　この段差を利用して砲撃！』

この砲撃の中、土手を乗り越えて進むと装甲がほとんどない底面部を晒《さら》してしまう。だったら、この土手の後ろから撃った方が安全と判断したんだろう。

幸い後ろの敵は1輌だけで、しかもカバさんとカモさんが牽制《けんせい》している。

前方の発砲炎に対して、一斉砲撃するが手ごたえが無い。

『に――――イライラする――――！』

そど子だ。確かにこの状況、ストレスが溜まる。今回の知波単は突撃をしないで搦《から》め手《て》ばっかり使う感じで、まるでところてんのように掴《つか》みどころがない。

『ごも代、1時36分の方向に変なの、多分敵！　カバさんに接近中！　カモ前進、激重風《げきおも》紀アタック！』

『はい』

『カバさん、変なのが狙ってる。気を付けて！』

ずいぶんと細かい方位指定で、そういえばそど子はアナログ表示の時計が好みだっけ。

文字盤と照らし合わせればすぐに分かるのは確かだけど、変なのって何？

『変なの？』

『うわ、でかい！』

『きもっ！』

カバさんチームの声が次々に聞こえて、ますます気になったが、今は照準器に張り付いているから、全然見えない。慌ただしい無線が次々飛び込んできて、どうなってるやら。

『みんなごめーん！』

『仇《かたき》は討つ！』

どうやらそど子が、いやカモさんがやられて、それをカバさんが追撃している感じかな。

ん、ってことは後ろに敵が二体いて、しかもカモさんを撃破するほどの性能を持っているって、ちょっとヤバくない？

前方の砲撃も徐々に近付いてきているし、周囲に着弾するのも増えてきた。こっちの後部装甲は傾斜しているとはいえ、たった20ミリしかない。後ろにいる特なんとかの主砲が何か分からないけど、知波単の47ミリ砲だったらこの距離なら抜かれかねない。

『ウサギさん、フラッグ車を守ってください！』

『わかりました！　あゆみ前、あや後ろ』

『『はい！』』

西住ちゃんの指示でどうやらウサギさんがガードに入ってくれたっぽい。

左側はレオポンさんがいるから、滅多《めった》なことではやられないし、これで多少安心かな。

『あーもう、あいつムカつく！』

こんな時、周囲が見えないのはつらいね。西住ちゃんも一杯一杯なのか最小限の指示しか入らない。武部ちゃんが各車の会話を全部流してくれるから、かろうじてある程度推測できるけど。

あれ、知波単の砲撃が止まった？

何で？

照準器を動かすと、直後猛烈な発砲炎が広がった。って、集中砲火！

『うおぅ！』

レオポンさんのナカジマちゃんの悲鳴が聞こえる。

どうやら、そっちの方が大きくて目立つので砲撃が集中したっぽい？

と思ったら、こっちにも衝撃が来た。

右側面をかすめたけど、装甲を抜くには角度が浅い。でも命中弾が出始めている。

『フラッグ車を守れ！』

『ラジャー！』

あいた。今度は防盾基部に当たった。その衝撃でおでこをぶつけて目を閉じたけど、もう一度照準を覗くと目の前が何も見えなくなっている。

照準器が壊れたかと思ったけど、どうやらレオポンさんがこっちを守るために前に出たみたいだ。

でもそのために土手の上に乗り上げてない？　足回り大丈夫？

『ああっ、どこかに当たった！』

ツチヤちゃんの悲鳴だ、ってことはやっぱりレオポン、足回りやられた!?

まずいね、完全に機動力が殺された。この間見たアンツィオ戦じゃないけど、動けなくなって小兵に群がられたら装甲が厚いレオポンだってどこがやられるか分からない。

『アリクイさんアヒルさんもフラッグ車を守ってください！』

西住ちゃんが焦ってる。ってことは、結構押し込まれている!?

『華《はな》さん、沙織さん、曳光弾《えいこうだん》を！』

『ああ、はい。えーっと～』

どうやらあんこうが機銃を撃ち始めたみたい。しかも派手に曳光弾を使って。

西住ちゃんは私たちの使い方を良く分かっているんだよね。

アンツィオ戦の時も、プラウダ戦の時も、黒森峰戦でも、そして今度も。

恐らくこの後もそうなんだろう。

だから今敢えてああやって曳光弾を撃ってわざと目立つようにして、あんこうチームに目を引き付けるようにしているんだ。知波単はそれを無視できない。繰り返せば長時間の戦闘で疲労していくに従って、倒すべきはあんこうだって思うようになるかもしれない。


となると、今やることはただ一つ。

知波単の動きに注視して、絶対に生まれるはずの隙を待つ！　それまではカメのように首を引っ込め、身をかがめて硬い甲羅に籠って撃破されないようにするしかない。

本当ならハッチから出て外を見たいけど、そうしたら砲弾をどこに飛ばすか不安なかーしまに砲手を任せるしかないので、そんな余裕はない。照準だけで周囲を探って、小山に細かく指示を出していく。操縦手席のペリスコープは傾斜しているので、あんまり遠くが見えないから砲弾を避けるのには向いてない。知波単の主砲がこっちを向いたら角度を付けて砲弾を受け流すようにとにかく気を付けるしかない。

幸い正面装甲は60ミリもある上に、60度の角度があるから知波単の主砲で抜かれる心配はほとんどない。ただ、側面は後方と同じ20ミリしかない。一応40度の角度があるから斜面効果によって砲弾が弾かれる可能性は結構大きいとはいえ、危険は冒せない。

他のチームが後ろと横を守ってくれると信じて、ひたすら前からの攻撃を避け続けるしかない。


また前で被弾したみたいだ。

『おーい、ゆーこと聞きなさい』

『無理だろー』

ツチヤちゃんが動かそうと苦戦してるっぽいけど、戦車の中からはどこが撃破されたか今一つ分からないんだよね。動かなくなった場合、履帯が切られたのか外れたのか、転輪が壊れたのか、動力の伝わり具合から多少は分かっても、正確なところは外からの情報を待つしかない。

だけど、砲弾の動きから知波単は接近しているみたいだ。

このままだとレオポンさんガードが外れてしまう。

「小山、半車身後退やや左に振って」

「レオポンの背後に回るのね？」

「かーしまー、反対側の護衛にいるウサギさんに連絡、半車身後退するって」

「あっ、はい。連絡します！」

『ピットないかピット、履帯交換６秒で』

『無理言うな』

『クルー欲しいな、ワークス級の』

『うちらプライベートだから』

レオポンさんが大騒ぎしている間に、他のチームが守りやすい位置へと移動した。

『ＺＯＣにゃー』

照準器の視界にアリクイさんの砲塔が入って来た。

さっきまでウサギさんがいた場所だ。ちゃんとこちらに合わせて後退したみたい。

「ゾックってなんだ？」

かーしまがねこにゃーちゃんに突っ込む。

『ゾーンオブコントロール、ゲーム用語で支配領域のことにゃー』

『こうすれば敵は通れなくなるもも』

『それはゲームだけだぴよ』

『ブロック＆ディグ戦術！』

一瞬立ち上がって左側ペリスコープを覗くと、アヒルさんもバックしてくるのが見えた。

『現代バレーボールではブロックがディフェンスの要』

『ブロックの位置取りによって相手の行動を制御して、こちらの思う場所に撃たせる！』

『『『それが、ブロック&ディグ！』』』

どうやら、ディフェンスに入ったチームそれぞれが知波単の行動を制御して、簡単にはうちらを撃てない場所に位置取ったらしい。

その代わり何も見えなくなってしまったけど。

『来るにゃー来るにゃー』

『隊長を守れ！』

『こっち!?』

今のはナカジマちゃん!?　知波単、そっち狙ってるの？

『フェイント！　ブロック！』

磯辺ちゃんが焦って動き出したみたい。って、つまり後ろに回った？

『レオポンさんがやられました！』

「状況を教えて！」

『知波単がレオポン後方に回ってエンジンルームを撃破、レオポン脱落です！　敵はそのまま池側に移動！　その後に2輌続いて……あっ、最後尾が撃破されました！』

『こちらあんこう、1輌撃破』

『こちらカバ、目標は二時方面に逃走を開始！　これより追撃します』

『こちらあんこう、正面の敵は排除しました。全車、二時方面に前進開始してください！』

『了解』

各チームから次々と承諾の報告が入った。

「小山、前方のアリクイさんに追従して」

「はい」

アリクイさんが前進して土手を乗り越える。小山もすぐに前進させ、やや大回りで土手を越えていく。恐らく右側面にはアヒルさんがいるはずだ。

照準器の中に逃げる知波単車が見える。狙おうにも振動が激しく木が邪魔で撃つに撃てない。

『全車追撃しつつ、フラッグを守るように隊列を組んでください』

西住ちゃんから指示が入った。

「小山、親ガモ子ガモ作戦」

「了解、アリクイさんの後ろぴったり付けます」

小山が半車身もないほどの距離でアリクイさんの背後に付けた。

主砲が向こうのお尻をつつきそうなぐらいだけど、小山の腕なら余裕なはず。

恐らく今は左右と後ろに他のチームが並んでいることだろう。さっきから車長席で周囲を観測したい誘惑に駆られるけど、西住ちゃんを信じてひたすら前を見るしかない。

『このまま低地に追い込んで包囲殲滅します！』

西住ちゃんが積極攻勢に出た。今まで後手に回るばかりで、ずっと相手に主導権を握られていたから、ある程度犠牲を払ってでもさっきの池に敵を引き込んで、反撃する作戦だったのかな。

『敵、反転しました！』

『全車海開き隊列用意。ギリギリまで誘い込んで……散開』

西住ちゃんの号令で一斉に左右へと散らばる。

そのまま知波単と交錯した。


『今弾がかすめたにゃー！』

『こちらカバ、正面装甲に被弾、損傷なし』

『こちらアヒル、敵フラッグ車とぶつかったけど大丈夫』

向こうが発砲する直前に弾かれたように左右に広がったことで、中央の空間を突っ込んできた知波単の車輌が通過していく。だが、知波単側も横に大きく広がっていたため、中には退避中に被弾したチームや勢い余ってぶつかったチームもあったようだ。無線が騒然としている。

混乱の中、全車がわき目も振らずに直進している。戦車で一番弱いのはお腹、次にお尻だ。今はお尻丸出しで逃げているから、後ろから撃たれたら威力の弱い知波単の主砲でも結構ヤバい。

主砲が役に立たない今こそ車長席に移動して後部を見られる機会と腰を浮かしかけた瞬間、最後尾にいたアヒルさんチームから報告が飛び込んできた。

『敵反転して追ってきます！』

ヤバいヤバい、多分距離は数百メートルも無いはず。

後ろの守りはアヒルさんのはずだけど、どうなってるんだろう。

『アヒルさん、後部機銃で敵を誘引してください！』

『はいっ、カバー入ります！』

『左右に薙《な》ぎ払《はら》う感じでお願いします！』

良かった、アヒルさんが後ろの守りに入ってくれたらしい。

でも、ここでまた機銃掃射？　どうする気かな。

『ウサギさんも機銃掃射してください』

『はい！』

こちらの左にいるはずのウサギさんチームも発砲し始めた。急いで車長席に移動して、後方ペリスコープを覗く。間違いなく知波単はこちらを追ってきているようだ。

遠くで発砲炎も見えた。

練度が高いはずの知波単の砲撃にもかかわらず近くに着弾がないのは、向こうからはこちらの姿が見えていないのだろう。むしろアヒルさんとウサギさんと機銃に誘引されているみたいだ。

確かに、アヒルさんは真後ろにはいない。

いたら背後は見えないはずだし、機銃の射線はやや右から見えている。

え、右？　今見ているのは背後だから、実際の位置関係は反対、こちらの左にアヒルさんとウサギさんが移動しているってこと？

急いでハッチを開いて身を乗り出すと、一番右側にいたはずのあんこうチームが左へと移動してアリクイさんと入れ替わっている。

あんこうの後ろにはアヒルさん、その左横にはウサギさんが位置して機銃を撃っている。

カバさんはアリクイさんの横から動いていないから、どこかであんこうが大きく移動してカバさんの左隣まで来たのだろう。

この位置関係になったことで機銃と機銃の間を目掛けて知波単が発砲しているが、それは誰もいない場所を通過するだけだ。

前を見ると、西住ちゃんがアリクイさんチームに手信号で右に行くように指示を出している。

ここから更に行動を分けようということか。

ハッチから車内に戻ると小山に今のままアリクイさんについていくように指示を出す。

直後に西住ちゃんの通信が飛び込んできた。

『あと20秒！』

事前に見た地図だと確かこの先はくぼ地になっているはず。砲手席に戻って照準を覗く。

「かーしま、砲弾は？」

「はい、徹甲弾装填済みです」

「恐らく、榴弾《りゅうだん》も使うはずだから用意急いで」

「あっ、はい」

「小山、この後大きく右に動くはずだから、前の動きに注意して」

「了解、任せて」

『足元に水が増えてきました、目標近いです！』

『目標地点まであと３００……』

秋山ちゃんの報告に続いて西住ちゃんの指示が飛ぶ。そろそろか。

『２００……１００、機銃射撃中止、全車左右にようこそ隊列で展開！』

照準の視界の中に、密林の切れ目が見えたが一瞬で後ろに流れていった。

車体が軋《きし》むように大きく右へと展開していく。

恐らく今左側はくぼ地なんだと思うけど、よく分からない。

小山が小さく声を出したので、操縦自体は相当気を遣うような状況なんだろうけど。

『やりました！』

秋山ちゃんの歓声が飛び込んできた。

『知波単全車、くぼ地に落下を確認！』

『事前の連絡通り、砲撃開始！』

西住ちゃんの作戦が上手《うま》くはまって、こっちの機銃に誘引された知波単はそのまま直進してくぼ地へと落下したらしい。

「よし、我々は出口を塞ぐぞ！　急げ！」

一瞬見えた知波単車に向けて徹甲弾を撃つが、外れた。

ようこそ隊列はアヒルさんの後ろに我々が続いて両側の出口を塞ぐ動きだ。

まずは右側にあるくぼ地の出口へと急ぐ。

「かーしま、榴弾、信管は０・５秒！」

「あっ、はい！」

「小山、ドリフトターン！」

「任せて！」

「まだよ、まだよ……見えた、ここ！」

目の前を砲弾が通過した直後、小山が激しく左側のブレーキを引く。

その場でロックした左履帯を軸に車体後部が大きく横へと流れていく。

「今！」

砲弾を発射、そのまま車体が横滑りして後続のウサギさんに場所を開ける。

ウサギさんも75ミリ砲を発射した。

砲弾は出口横の壁を狙ったが、通り過ぎてしまったので当たったかどうかは分からない。

『出口の閉塞に成功したにゃー！』

と思ったら、アリクイさんのねこにゃーこと猫田《ねこた》ちゃんから通信が入った。

上手くいったみたいだ。

『段差が大きすぎて俯角《ふかく》が足りん！』

『これ以上前に進むとこっちも落ちるもも！』

くぼ地の横に留《とど》まって砲撃を行っているカメさんとアリクイさんの砲手が苦戦しているのが聞こえる。追い込んだのはいいけど、予想以上にくぼ地が深くて狙いをつけるのが難しいらしい。

「急いで反対側の出口に向かえ！」

指示するまでもなく、アヒルさんはすでに対岸の上を全速で移動してもう一つの出口の方へと向かっていた。

「かーしま、榴弾、さっきと同じ！」

「はい！」

改造ヘッツァーに榴弾は3発が定数だけど、西住ちゃんの戦い方を見て予備にもうひと箱積み込むようにしてある。ルールに砲弾の搭載上限はないから、足元に予備の弾薬箱を追加して積めるだけ積んだのが足置きにもちょうどいい。

車内はちょっと狭くなったけどかーしまには我慢してもらうしかない。

知波単が何とか坂を登って反撃しようとしているらしいけど、全然見えない。お互いいくぼ地横の坂が急すぎて膠着《こうちゃく》状態になっている。ただ、くぼ地はバスタブのような形状になっているから、両側の通路を閉塞してしまえば、もう逃げ場所はない。後はある程度距離が取れる通路横から狙えば、フラッグ車を倒すのも時間の問題だろう。

「これはやりましたね」

「かーしま、それフラグ～」

またかーしまが慢心した直後、西住ちゃんの慌てた声が飛び込んできた。

『知波単転進！』

えっ、早速フラグ回収!?

『突撃してこないよ!?』

『全車、追撃！』

知波単がもう一つの出口に向かったらしい。

『うぉ、早い！』

『すみません、追い付けません』

先頭を行くアヒルさんの磯辺ちゃんと操縦手の河西《かわにし》ちゃんの焦った声も飛び込んでくる。

アヒルさんの八九式中戦車はレオポンさんチームの魔改造で不整地でもスペック以上の最高速を発揮可能だ。でも知波単の主力である九七式中戦車の方がより新しい分、基本スペックは上で、加速や最高速にも優れている。

福田ちゃんが乗っている九五式軽戦車は軽いだけあってそれ以上だ。

本気で逃げたなら、追い付けない。これでは反対側の通路を塞ぐのには間に合わないか。

『……本当にやるね、福ちゃんたち』

『さすがです』

『でも……負けたくない』

『うん。絶対勝ちたいよね』

アヒルさんたちが口々に思いをこぼした。だけど確かに知波単は変わった。突撃に固執する旧態依然として硬直したチームから、臨機応変で柔軟な作戦を行うチームに。

うちも奇策が得意だけど、それ以上に奇策と奇襲を変幻自在に行うチームになった。

元々練度は高かったから、かなりの強敵になったようだ。


さて、仕事の時間だ。

「はい？」

かーしまがきょとんとしている。

「隊長らしい仕事をするんだよ」

「あっ、はい！」

気が付いて慌てて喉元のマイクを押さえた。

「西住、この後は!?」

そうそう、ちゃんと作戦を確認して、隊長らしく全員に伝えてね。

『……追撃します！』

西住ちゃんが一瞬考えた後、指示を伝えるとかーしまが隊長らしくきりっと顔を上げて、大きく息を吸い込んだ。

「よし、総員追撃！　試合はこれからだ！」

『はい！』

「何としてもここで勝って、大洗にドラマを作るんだ！」

利鎌《とがま》のように細い三日月が冴《さ》え冴《ざ》えと、撤退していく知波単学園を照らしている。闇に差し込む月の光のように戦車のエンジン音が密林を切り裂き、いち早く動いたあんこうチームが先頭に立った。我々も速やかにその後に続き、大洗《うち》の他の戦車も次々と左右に並ぶと全速力で追撃を開始した。

『ガールズ＆パンツァー　最終章（中）』へつづく

両チームの戦車

大洗女子学園

カメさんチーム（38（t）改ヘッツァー仕様）・フラッグ車
あんこうチーム（Ⅳ号戦車改H型D型改）
アヒルさんチーム（八九式中戦車甲型）
カバさんチーム（Ⅲ号突撃砲F型）
ウサギさんチーム（M3中戦車リー）
カモさんチーム（ルノーB1bis）・撃破
レオポンさんチーム（ポルシェティーガー）・撃破
アリクイさんチーム（三式中戦車チヌ）
サメさんチーム（Mk・Ⅳ《フォー》戦車）・撃破

知波単学園

九七式中戦車チハ旧砲塔
西車・フラッグ車
細見車（細見小隊小隊長）
池田車
久保田車
九七式中戦車チハ新砲塔
玉田車（玉田小隊小隊長）
浜田車・撃破
名倉車
九五式軽戦車
福田《ふくだ》車
特二式内火艇カミ
西原車
上西車

ガールズ&パンツァー 最終章(上)

2024年12月25日　初版発行

著者　鈴木貴昭
本文イラスト　野上武志
原作　ガールズ&パンツァー 最終章 製作委員会
協力　株式会社アクタス
発行者　山下直久
発行　株式会社 KADOKAWA
〒102-8177 東京都千代田区富士見 2-13-3
0570-002-301(ナビダイヤル)
印刷・製本　株式会社広済堂ネクスト
デザイン　cao.(*PetitBrain)

Printed in Japan
ISBN 978-4-04-684344-9 C0093

カバーイラスト
原画：杉本功
仕上：原田幸子
特効：古市裕一
3DCG：李懿文（STUDIO カチューシャ）
CG ディレクター：柳野啓一郎